著：小太刀右京　企画：サンライズ・ホビージャパン　イラスト：網島志朗
原作：矢立肇　原案・監修：早坂憲洋（開発勇者ハヤバーン）

勇者聖戦

バーンガーン THE NOVEL

上巻

CONTENTS

VARS
Valiant Attack & Rescue Staff

勇《ゆう》者《しゃ》聖《せい》戦《せん》
バーンガーン
THE SAINT OF BRAVES BAANGAAN
設定資料集

バーンブレス

芹沢瞬兵《せりざわしゅんぺい》

年齢：12才（11月27日生）身長：135cm 体重：35kg 血液型：A
好きな物：VARS、ハンバーグ 嫌いな物：らっきょう、梅干し モットー：いつも心に太陽を

大いなる意志アスタルによって選ばれた「勇気の源」。小学6年生。グランダークの完全復活を阻止するため地球に降臨した聖勇者バーンとともに戦うこととなる。正義感が強く全てを包む「大器」の素養を持ちながら、その一方で感受性が強いため、涙腺が緩い。いつも「泣き虫」と友達にからかわれており、幼なじみの相羽菜々子からは「しっかりしなさい」と言われている。自分が「勇気」の源に選ばれたことを不思議に思い、敵を前にしても何もできない瞬兵だったが、菜々子の悲鳴を耳にして瞬兵の中の「勇者」としての光は放たれ、次第に真の勇気に目覚めていく。姉の愛美が開発した対戦ゲーム「VARS」の腕は全国大会クラス。

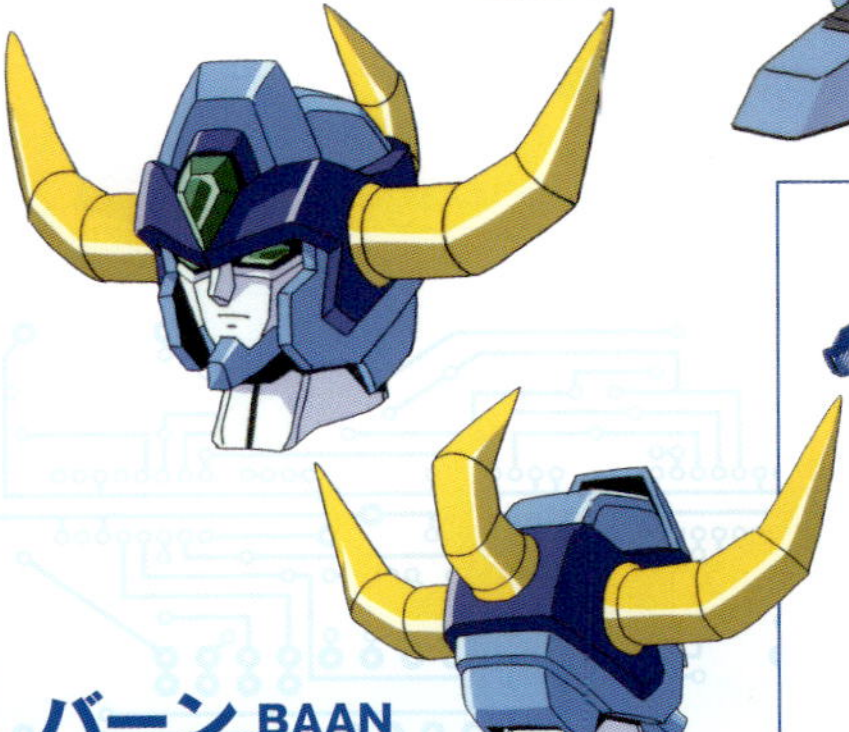

バーンマグナム

バーン BAAN

全高15cm～10m　重量13t

瞬兵の持つ対戦ゲーム「VARS」のロボットに宇宙意識体バーンが降臨した姿。聖勇者の中ではリーダー格にあたる。通常は15cmの姿をしているが、瞬兵の「ブレイブチャージ!!」の雄叫びと共に「勇気」をチャージしたバーンは全高10mのロボットに巨大化。スポーツカーにも変形出来る。普段は沈着冷静な「静かなる龍」だが、ひとたび逆鱗に触れた時、彼の怒りは誰にも止められない。当初は瞬兵を単なるエネルギー源としてしか考えていなかったが、数々の戦いを重ねるうちに、真の友情へと変化していく。武器は脚部左右に収納されているバーンマグナム（二丁での使用可）、頭部のドラゴネイルに雷を帯電し、敵に落雷させるバーンサンダー、そして、必殺技は胸のドラゴンが放射する高熱火炎玉ドラゴンバースト。さらに、大型トレーラー・ガーンダッシャーと合体、巨大ロボット「バーンガーン」になることができる。

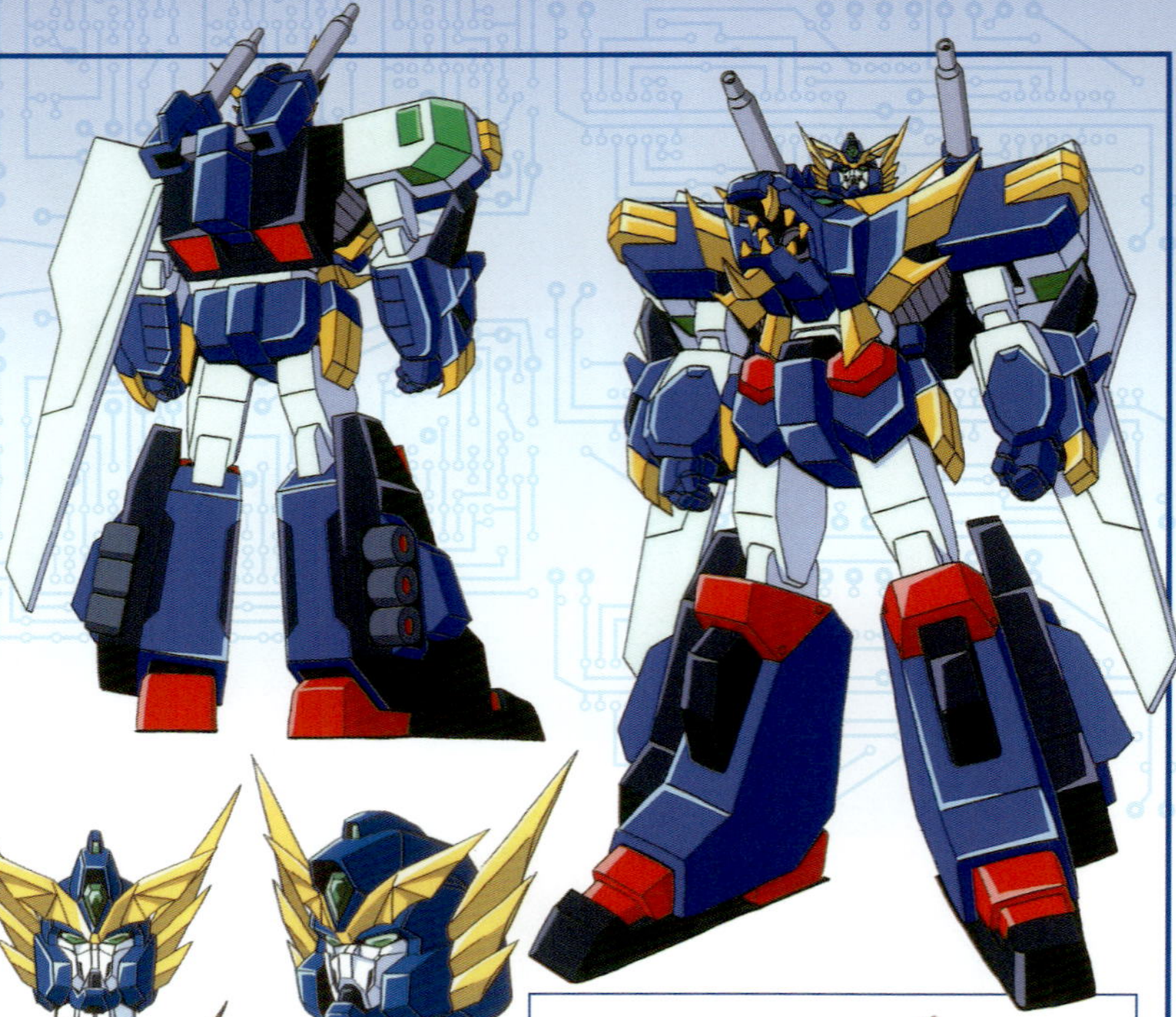

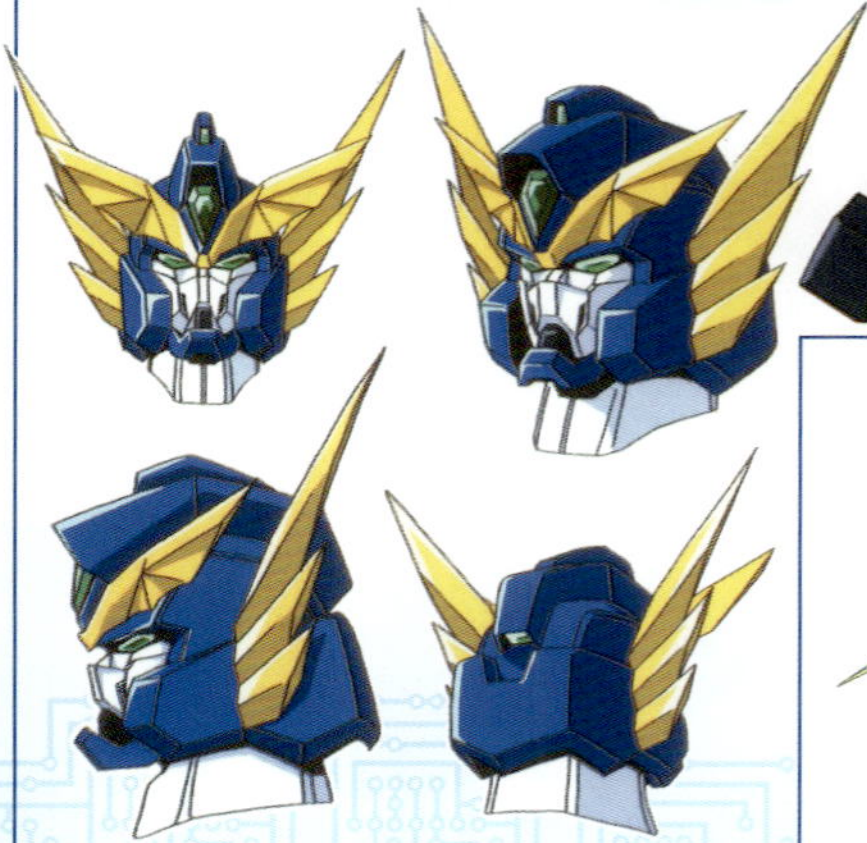

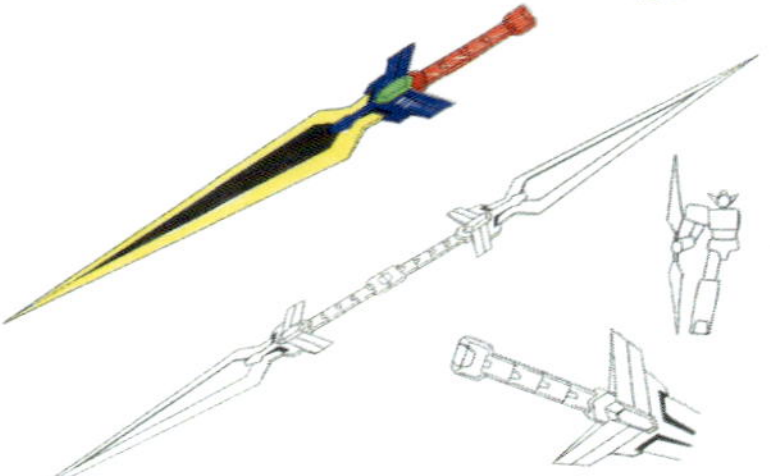

デュアルランサー

バーンガーン BAANGAAN

全高20m　重量35t

バーンと謎の大型トレーラー・ガーンダッシャーが「龍神合体」して完成する巨大勇者。「大いなる意志アスタルの弟子」「勇気を司る聖勇者」だ。バーンガーンに変形合体した際には、その「勇気の源」である瞬兵の肉体を、敵の攻撃や衝撃から守るための防護壁に囲まれたバーンガーンの体内に収容する。それは瞬兵が戦闘に巻き込まれないための最善の方法であると同時に、2人が一体となったことで「勇気」の真のパワーが発揮されるからだ。バーンガーンの武器は龍の頭を模した腕を発射し、敵をなぎ倒すバーンナックル、そして、両足の側面より射出する両刃の剣デュアルランサー。更に、背中に装備された巨大キャノン砲スパークキャノンは電気エネルギー弾を放ち、いかなる相手であろうとも粉砕する。

ギルディオンの攻撃に苦戦するバーンガーンを助けるために愛美が開発した「支援メカ」。最新型の自律型 AI ＝超 AI シナプスを搭載している。元々は VARS なのでバトルプログラムは入っていないが、バーンガーンとのシンクロ率の高さによって、「パワードバーンガーン」「ウィングバーンガーン」「ドリルバーンガーン」への合体が可能となる。

パワード
バーンガーン
POWERED
BAANGAAN

ハウンド
HOUND

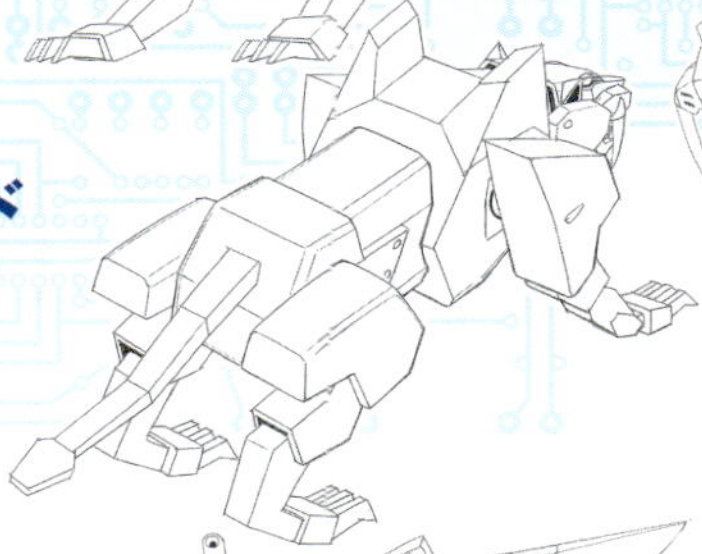

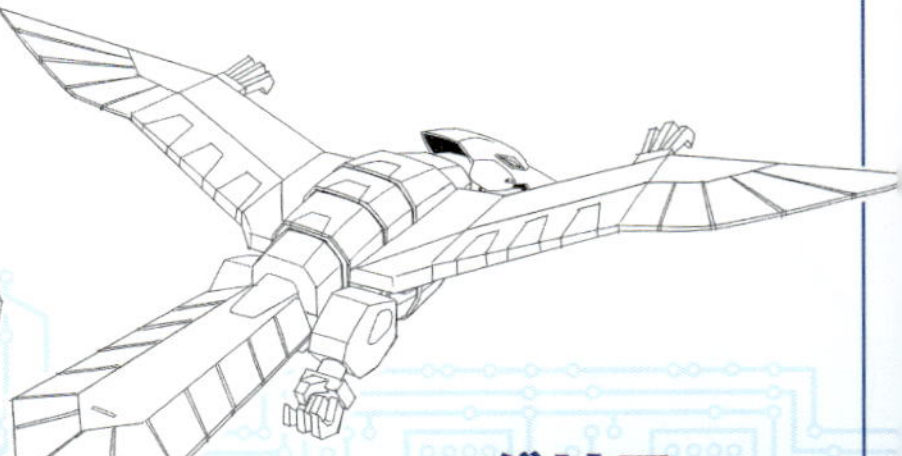

グリフ GRIF

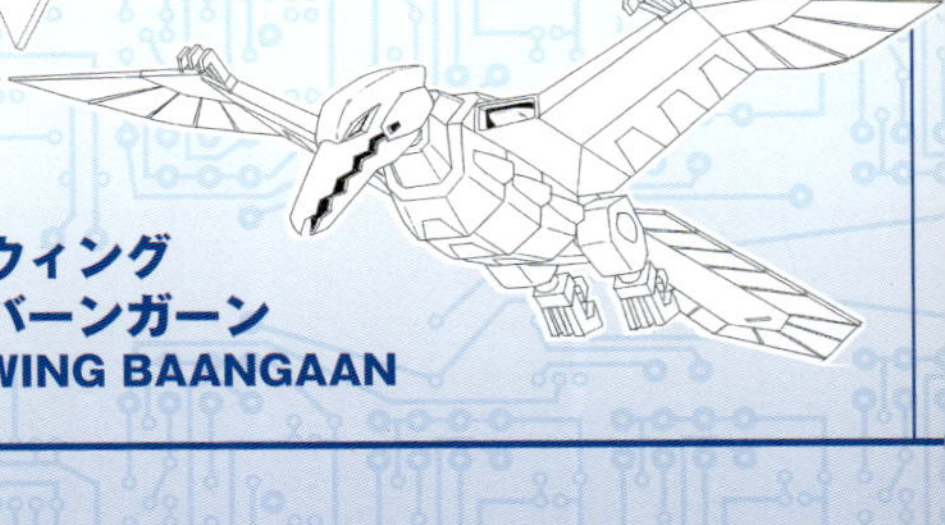

ウィング
バーンガーン
WING BAANGAAN

イッカク IKKAKU

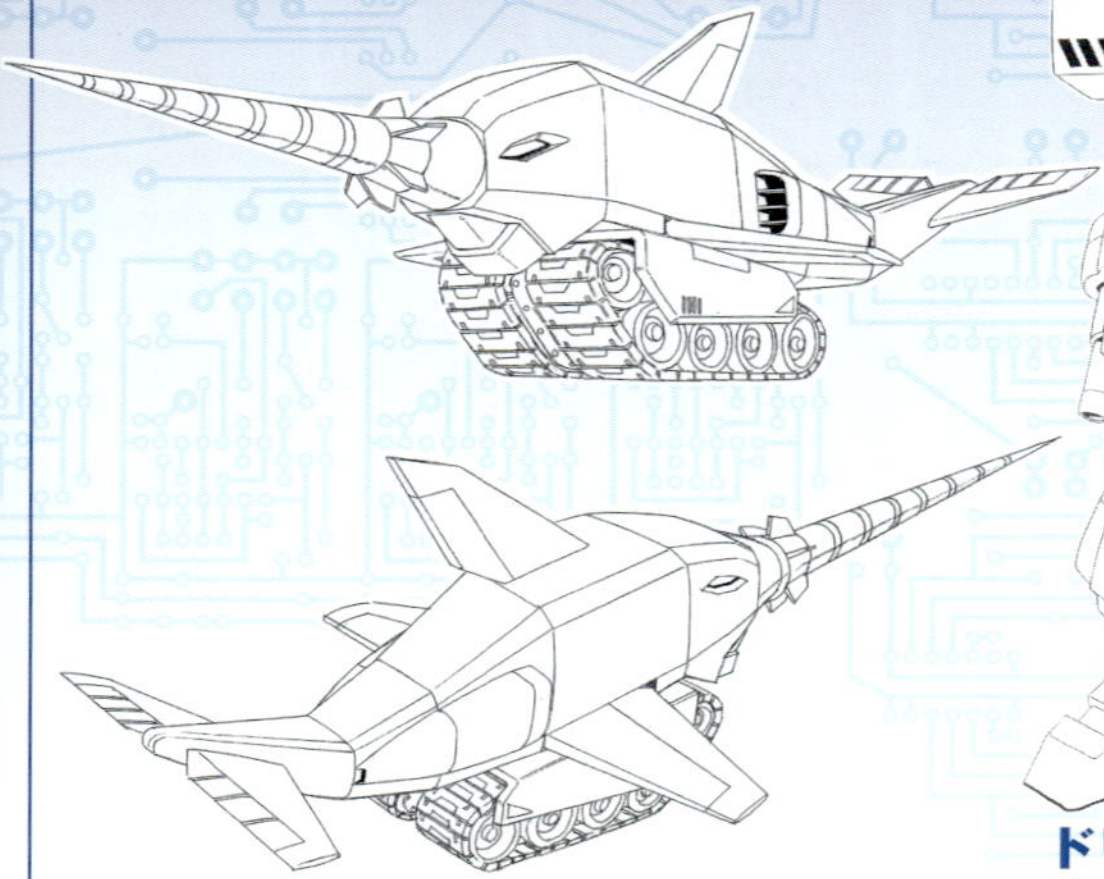

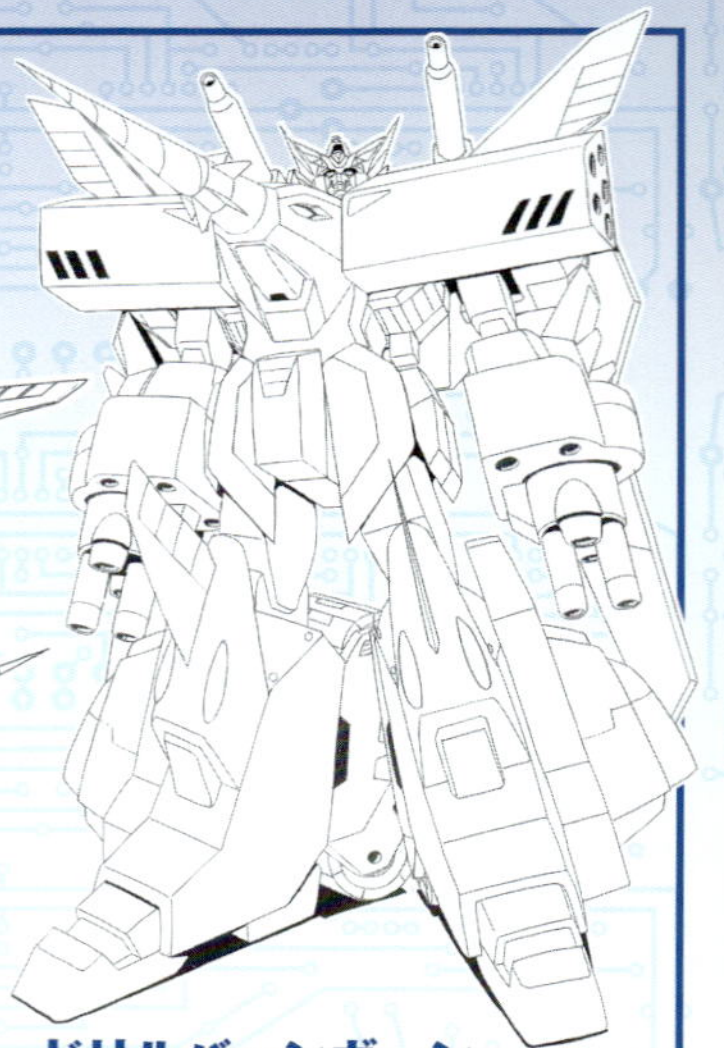

ドリルバーンガーン
DRILL BAANGAAN

芹《せり》沢《ざわ》愛《まな》美《み》

年齢：24歳（12月18日生）
身長：170cm 体重：(#゜Д゜)？
血液型：O
好きな物：ラーメン、大福、
ワイン、ロボットアニメ、月、動物園
嫌いな物：肉（ベジタリアンなので）、
生クリーム、おしゃべりな奴
モットー：Active Beauty

Tシャツとデニムがよく似合う瞬兵のお姉さん。人気ゲームVARSの開発者であり、私設地球防衛組織VARSの設立者でもある。大股でカツカツと歩く豪快な「姐御肌」。常に笑顔でポジティブシンキングな女性。菜々子の兄、相羽真人は愛美の恋人だが、不慮の事故により死亡。愛美がVARSをおもちゃとして開発した理由は、生前の真人にかけられた言葉による。

相《あい》羽《ば》菜《な》々《な》子《こ》

年齢：12歳（7月12日生）身長：140cm 体重：(;´Д`)× 血液型：B
好きな物:ケーキ、プリン等甘いもの全般 嫌いな物:納豆、ゴキブリ　モットー:曲がったことは大嫌い!
瞬兵の幼馴染。愛美の恋人、相羽真人の妹。気が強く、同年代の男子には負けていない。近所でも有名な「熱血おてんば娘」。「曲ったことは大嫌い!」なので、正義感が強く、その「正義の心」に火が点いた時には相手が誰であろうとナリフリ構わず、突っ込んでいく時がある。

VARS クルー

逢坂《おうさか》まさる

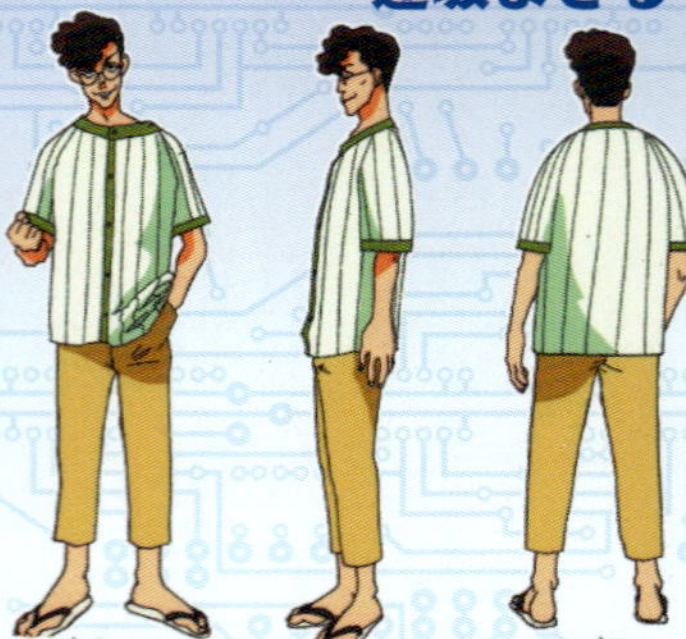

椎名《しいな》ひろみ

愛美と共にバーンと瞬兵をサポートする私設地球防衛組織 VARS のメンバー
まさるは、愛美の右腕の敏腕プログラマー、さとるは玩具の VARS のメカニック、ひろみは C-Na ゼネラルカンパニーの社長令嬢だが、VARS のオペレーターを行う。

守山《もりやま》さとる

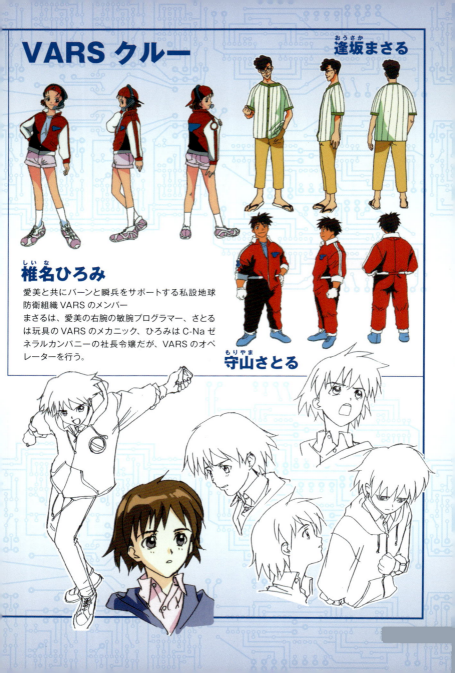

坂下洋《さかしたひろ》

年齢：12歳（7月21日生）
身長：145cm 体重：40kg
血液型：B
好きな物：シュークリーム
嫌いな物：梅干し　モットー：？

瞬兵と対極を成すもう一人のヒーロー。瞬兵の親友であり、VARSのライバル。瞬兵との試合中、落下した発光体の衝撃と共に行方不明になる。学校で一番の人気者、瞬兵と比べて背も高く、ケンカも強い美少年。学校では、成績も良く先生からの評判も抜群。ただ、人付き合いが悪く、自分から友達を作ろうとしない"影"のある性格。（でもそこが女子には人気）

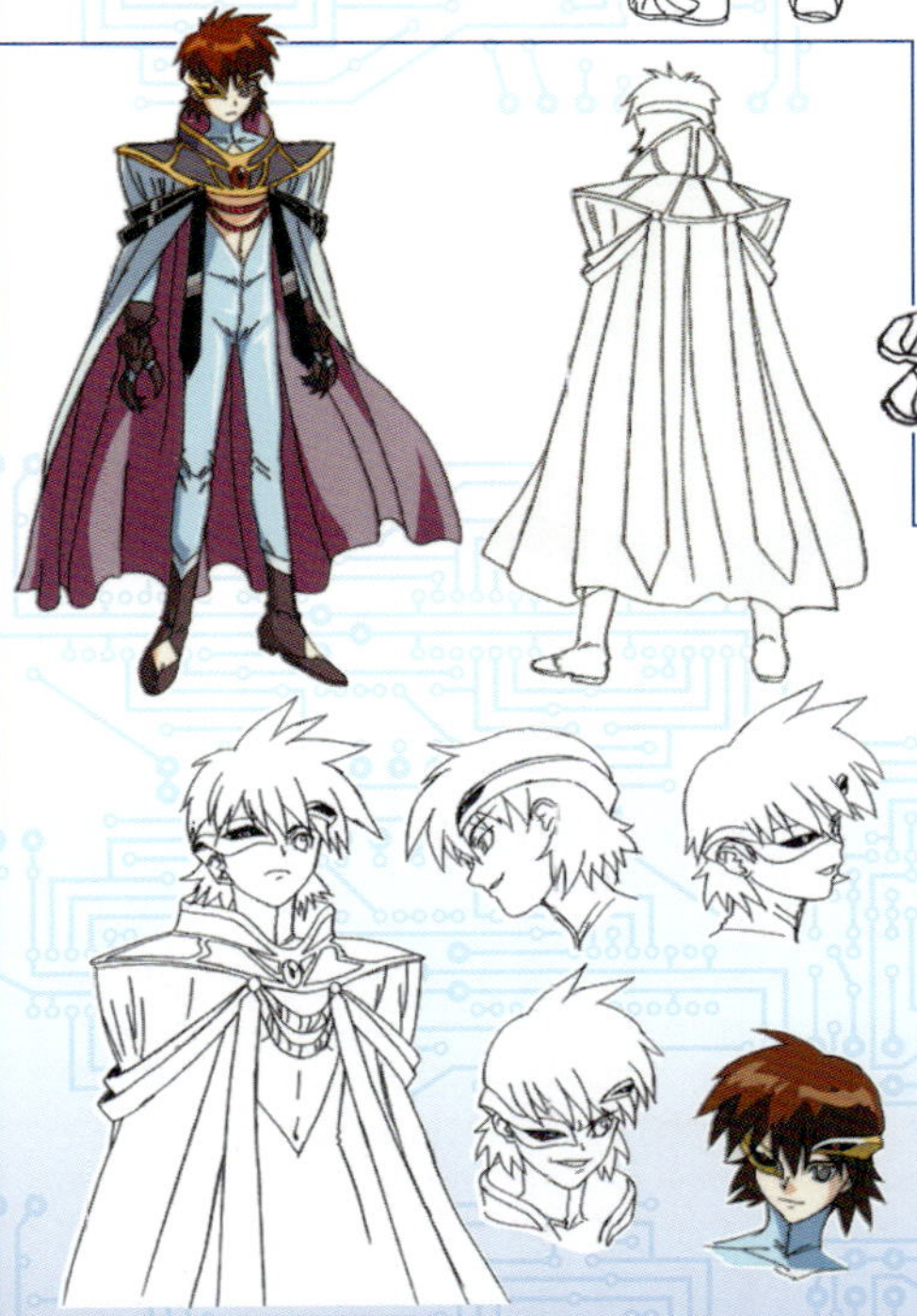

ギルティ

瞬兵に対してあからさまな敵意を持つ「絶望の化身」。絶対悪グランダークに付き従い、行動する。他の幹部であるカルラ、ガストを差し置き、グランダークから最も信頼されている。また、過去や詳細については謎に包まれており、同胞であるカルラ、ガストにも知らされていない。ギルティの額にはめられた金色のマスクには、緋く輝く「憎悪の眼」がある。片方だけにかかったこのマスクが何を指し示すのか？ マスクをとったギルティの素顔には何があるのか？

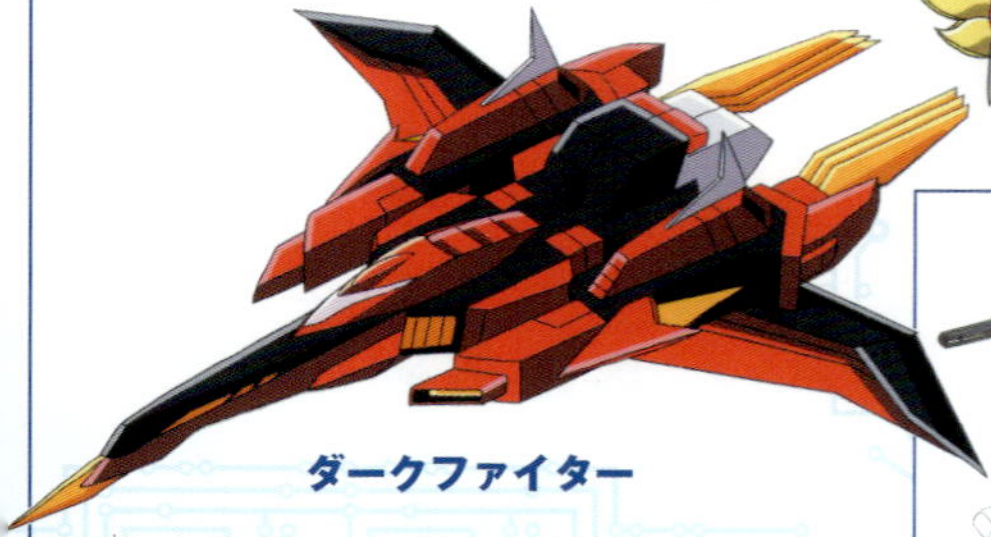

ダークファイター

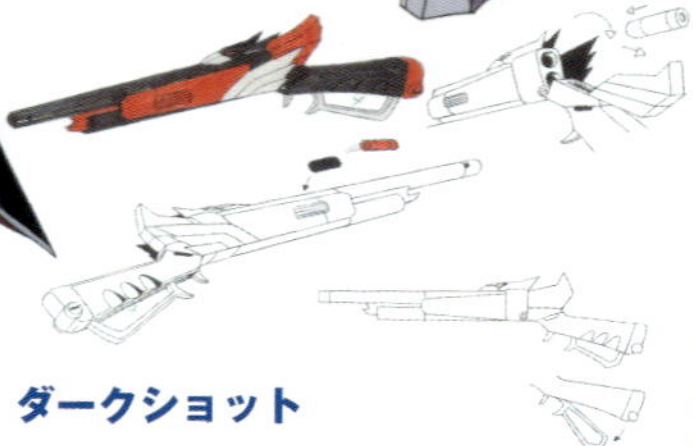

ダークショット

ギルディオン GUILDION

全高11m　重量11t

絶対悪グランダークの側近として、行方不明のセルツに代わり現れたギルティと共に登場。絶望の戦士ギルティにつき従う「憎悪の化身」。冷酷且つ残忍な性格で、情け容赦ない攻撃を繰り出してくる。普段はほとんど言葉をしゃべらず、感情の表現はほとんどギルティが代弁している。主な武器はギルブレード。背中から取り出す時、剣先は細かく別れているが、ギルディオンの意志により鞭としても、剣としても使用できる。ガトリングニードルはその剣を分離させて飛ばす技である。漆黒の戦闘機ダークファイターと合体することでさらなる巨悪なロボット「ダークギルディオン」に変化する。仮面を付けた漆黒の疾風、その存在はグランダーク軍の中でも恐れられている。なぜ、ギルティに従い、グランダークの側近として居るのか？　その目的は？　全てが謎に包まれている。

ダークサーベル

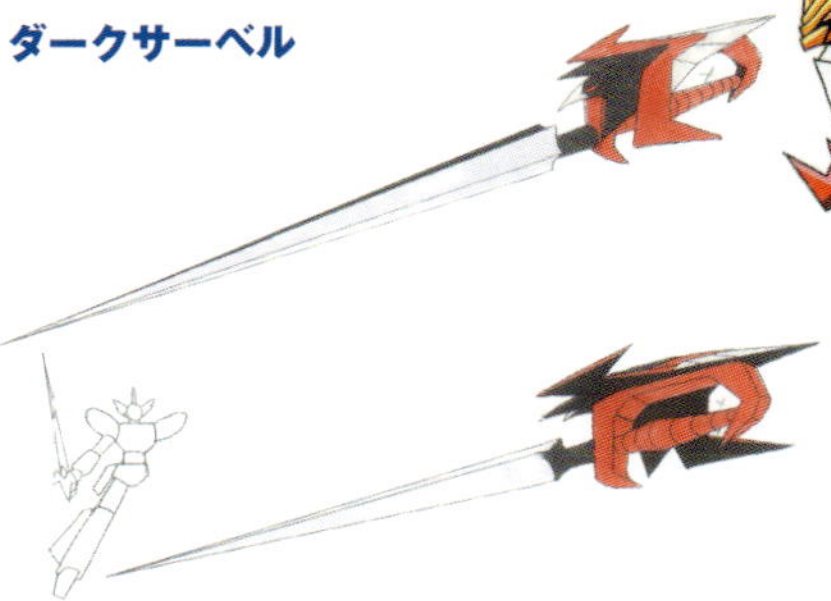

ダークギルディオン DARK GUILDION

全高22m　重量30t

ギルディオンとダークファイターが「暗黒合体」した姿。ギルティ、ギルディオンと同様、頭部は仮面（ペルソナ）に覆われている。この形になると、性格は更に残酷になるようで、繰り出す武器や技等にはまるで「呪縛」のようにいつまでも相手を苦しめるものが多い。

祝！　ノベライズ！　おしえて！　ハヤバーン！　とっくべっつへ〜ん！
ここからはボク、芹沢瞬兵が今回の勇者聖戦バーンガーン THE NOVEL」の原案・監修である開発勇者ハヤバーンにいろいろ聞いちゃうよ！」

芹沢瞬兵

本作の主人公。聖勇者バーンとともに、グランダークに立ち向かう。

単行本化記念特別企画

おしえて！ハヤバーン！

開発勇者ハヤバーン

「勇者聖戦バーンガーン」のルーツである「新世代ロボット戦記ブレイブサーガ」の開発プロデューサー。本書では原案、監修を担当。

オッケ〜！
なんでも聞いて！
出しおしみナシで
答えちゃうよ！

Q 瞬兵

まず、今回ハヤバーンは「原案・監修」だけど、具体的には何してるの？

A ハヤバーン

ゲーム『新世代ロボット戦記ブレイブサーガ』の時に作っていた「勇者聖戦バーンガーン」の設定を見直したり、ゲームの時に作っていたけど、出せなかったエピソードの原案を追加したりしてるよ。

Q 瞬兵

「勇者聖戦バーンガーン」小説化のきっかけは？

A ハヤバーン

「勇者聖戦バーンガーン」が 25 年をむかえた時に、なんかやりたいなぁ～！　と思ってて、サンライズ（現バンダイナムコフィルムワークス＝ BNFW）さんに相談したら、丁度ホビージャパンさんの「勇者宇宙ソーグレーダー」の企画も進んでて、トントン拍子に web 連載の話が決まったんだ。

Q 瞬兵

バーンガーンの設定で一番特殊なのは VARS だと思うんだけど、なんでバーンは「おもちゃ」の設定なの？

A ハヤバーン

するどい！　なんでバーンが「全長 15cm の超 AI 搭載のナビロボ」という設定なのか？　それはね……「勇者シリーズ」の基本テーマ「少年とロボットの友情」の表現するためなんだ。「勇者聖戦バーンガーン」は「TV シリーズ」や「OVA」のような「アニメーション作品」じゃない。アニメであれば「受動的」に（アニメを観ているだけで）ストーリーやキャラに感情移入できるんだけど、「TV ゲーム」で展開する「バーンガーン」は、プレイヤーが自分から「能動的」に（コントローラを操作して）ストーリーを進めないと、感情移入できないんだ、だから、それまでの勇者シリーズよりも TV ゲームのプレイヤーを意識した設定にする必要があったんだ。だから、スポーツカーやアンドロイドよりも、TV ゲームに近い「携帯ゲーム機」や「ミニ四〇」「液晶ペット」なんかをイメージして「おもちゃ」の設定にしたんだよ。更に、今回のノベライズではそれを時代に合わせて、アップデートしているんだ。

Q 瞬兵

VARSの設定以外でも今回の小説化で変わった部分ってあるの？

A ハヤバーン

聖勇者の基本設定は昔に作ったものだから、曖昧なところも多かったので、今回の小説化にあたって、アップデートしてるよ。キャラクターの設定も、細かい部分で変えている部分がある。どこが、どんな風に変わってるかは、本編でのお楽しみ！

Q 瞬兵

新キャラは登場するの！？

A ハヤバーン

新キャラは上巻ではひとり、登場するよ。実は昔からいたんだけど、ゲームシナリオでは泣く泣くオミットしたキャラ。
結構重要キャラなので、お楽しみに！
下巻では……まだ、ぜんっぜん、わかんないww！

瞬兵

みんな、お待たせ！ついに始まるよ！
ハヤバーン！

ハヤバーン

オッケー！
勇者聖戦バーンガーン THE NOVEL に〜！

瞬兵　**ハヤバーン**

ブレイブ
チャーーーーーージッ！

プロローグ

宇宙が生まれたその時、そこにはいかなるものもなかった。

時はなかったから、そこに過去もなければ未来もなかった。

心はなかったから、そこに善きこともなければ悪しきこともなかった。

空すらもなかったから、そこに光もなければ闇もなかった。

天と地は未だ分かたれることなく、ただ茫漠たる混沌だけが広がっていた。

数万数億の宇宙の卵は、いかなるものでもあり、いかなるものでもなかった。

そこに波紋が生まれた。

波紋は始源の意識となった。

始源の波紋はぶつかり合って、おのずから対立する二極へと導かれた。

かたや、〈大いなる意志アスタル〉。

こなた、〈絶対悪グランダーク〉。

宇宙そのものが持つ光の意識と闇の意識である。

両者はいまだ混沌に過ぎぬ多元宇宙の在り方を規定せんと、果てしなく戦い争った。

光と闇のいずれが混沌をして宇宙とするか、そのようないくさであった。

やがてアスタルは〈光の意識体〉である〈聖勇者〉を集め、〈闇の意識体〉グランダークを封印した。

そして、宇宙は限りない意志の力に包まれ、数え切れぬほどの生命で満ちていった。

百億を超える時が流れた。
膨張を続ける宇宙はそれぞれに輝き、数多の文明がそこに栄えた。

だが——

小さな島宇宙の片隅で、その繁栄に綻びが生じようとしていた。
それは、光と闇の対立する二極を求める宇宙の意志がなさしめることであったのかもしれない。

第一話
『勇者降臨！』

南風に乗った潮の香りが鼻腔をくすぐる。葉の落ちはじめた木々は冬の気配を漂わせていたが、風にはどこかしら、夏の残り香が感じられた。

海浜ドームの展望スペースから見下ろす海はどこまでも青くて、太陽の光を反射してきらきらと、まるで宝石箱をひっくり返したかのように輝いている。

どこかで、カモメが鳴く声がした。

ちぎれた雲が、海と同じように青い空を流れていく。

芹沢瞬兵は十二歳になったばかりで、この街の景色がとても好きだった。

宇宙開発事業団の拡張に伴って作られた海浜市は、二十一世紀の日本には珍しい新興の大都市である。

もともとはいくつかの小さな寂れた漁村だったものを、統合して超近代的な都市に仕立てたものだ。

干潟を極力温存する形で作られた街は鳥たちの楽園で、空と海のあわいが溶けあうその景色は、日々を鮮やかに彩ってくれていた。

『間もなく、VARS小学生部門、決勝戦の開始となります。関係者の方は、第三フィールドにお集まりください』

アナウンスのよく通る声が聞こえた。

「よしっ」

瞬兵は膝をぱんっ、と叩くと、足下に置いた工具箱を拾い上げ、気合をいれた。

戦いの時が来たのだ。

＊　＊　＊

ＶＡｒｉａｂｌｅ　Ｒｏｂｏｔ　Ｓｙｓｔｅｍ〝ＶＡＲＳ（可変型ロボットシステム）〟は、瞬兵の年の離れた姉である芹沢愛美が開発した革新的なロボットトイである。

登録者の脳波と言語インプットの双方を読み取ることで、これまでのインターフェースとは比較にならないほど柔軟な情報入力を行える最新の超ＡＩを搭載したＶＡＲＳは、新世代のｅスポーツとして爆発的な人気を博していた。

例えば、である。

これまでのロボットに「パンチを繰り出して相手のロボットを倒せ」という命令を与えるには、「相手との距離をセンサーで測距し当該位置に移動し」「右マニピュレーターでストレートを繰り出す」というような命令をコントローラで与える必要があった。無論、これでも単純化されたモデルであることは言うまでもないが、砕いて言えばこのようなことである。

VARSはそこに〝脳波〟という要素を加えることで、「行け!」「パンチだ!」程度のファジーな命令であっても正確に意図をくみ取り、実行するのである。

量子的な脳波観測だけでなく、AIのディープラーニングによって〝言外の意図〟を高精度で読み取ることもできるVARSが、軍事分野ではなく民生の、それも玩具分野から発売されたことは、世界の人々を驚かせた。

それは既に「子どものおもちゃ」の領域を超え、携帯電話《スマホ》に変わる新たなデバイスとなりつつあった。

が、瞬兵にとって大事なことは、VARSというロボットトイがメチャクチャ楽しい、ということである。

姉が作ったから、というだけの理由ではない。

自分が手塩にかけて組み立てた、全高15センチほどの人型のロボットが、レギュレーションの中で戦う！　という奥深さである。

そこには、メカニックを組み立てるハードウェア的な面白さもあったし、ＡＩを自分に合った形にカスタマイズするソフトウェア的な面白さもある。もちろん、ＶＡＲＳバトルにおける動作にはコントローラも使用するから、コンピュータ・ゲーム的な面白さもあった。

だから瞬兵は発売されるとすぐに寝る間も惜しんで夢中になった。

なんども失敗をして、なんども涙を流して、失敗と敗北を積み重ねて、そのたびに自分のＶＡＲＳを強化し、操縦の技術を磨いてきた。

そうして、小学生部門の日本大会にのぼり詰めるまでになったのである。

最初は姉のコネではないかという陰口もあったが、瞬兵の鮮やかな戦いぶりは、そんな声をすぐになくしてしまった。

事実、これまでの準決勝までの戦いを、企業のｅスポーツ・ワークスチームや高専の大人たち（瞬兵にとっては）が見てもくれて、何人かは中学を出たらこちらに来ないか、と誘ってもくれた。

そういう経験は、小学六年生の瞬兵にとっては大きな勲章になった。

（必ず、勝つぞ）

自分の手の中の青いＶＡＲＳと、目があった――ような気がした。

もちろんそれは超小型のセンサーユニットがふたつ並んでいるに過ぎないのだが、人の形をしたロボットには、人のような心が宿っているのではないか、と思えた。

『ＶＡＲＳ小学生部門、決勝戦を開始いたします。両者、ＶＡＲＳデッキへ』

（よし）

ＶＡＲＳデッキと呼ばれるプレイヤー席の前に、立つ。

めずらしく応援に来てくれたクラスメートの相羽菜々子が観客席で何やら叫んでいるのが見えたが、その言葉は聞こえない。

無視しているのではなく、それほどに集中しているのである。

瞬兵の視線の先にいるのは、奇しくも同じクラスの坂下洋。

どこか物憂げな瞳と、ガラス細工のように繊細な表情が特徴的な少年だ。

全国から集まってきた無数のＶＡＲＳプレイヤーの頂点に立つふたりが同じ小学校の出身だというのは奇妙な運命である、としか言いようがなかったが、両者の実力を疑うものはいない。

それだけの戦い振りを示してきたからだ。

（手加減ナシだよ、瞬兵）

そう、洋の眼差しが告げていた。

（負けないよ、ヒロ）

その眼差しを、瞬兵は真っ向から受け止める。

両者がＶＡＲＳを取り出し、スタートデッキに置く。

瞬兵のＶＡＲＳは、空の色をしたブルーのマシン。

洋のＶＡＲＳは、太陽の色をしたレッドのマシン。

好対照を成す二機のＶＡＲＳは、造形としても作り込まれていて、観客たちの何人かから感嘆のため息が漏れた。

今日というこの日のために――

チューニングを重ね、トレーニングを積み上げてきた二機のＶＡＲＳ。

それは大人たちからみれば単なるオモチャであるかもしれないが、瞬兵と洋、ふたりの少年にとっては魂の分身である。

『VARS BATTLE FINAL！ READY』

電光掲示板の前で、MCを務める女子高生、椎名ひろみが開始の合図をかける。

『GO！』

ひろみの手が振り下ろされる。

青と赤のマシンが、翔ける！

人のうごきそのままに、ふたつのVARSは真っ向からぶつかり合った。

VARSの戦いは、相手のマシンを破壊するというような乱暴なものではない。むしろ、そういう戦い方はルールで厳しく禁じられている。

今年の全国大会のルールはVARS専用武器を使用しないポイント奪取バトルである。

相手のマシンをフォールしたり、機体のあちこちに設置されたセンサーを叩いたりすることで、相手のポイントを奪うことができる。積極的な攻撃行動を一定時間取らないと、自身のポイントが減点される。

そうして、時間内に相手のポイントをゼロにするか、タイムアップ時にポイントで上回っていれば、勝ちになる。

アマチュア・ボクシングやレスリングの試合に、旧来のロボット競技の要素を加えたものだと思えばよい。

精妙なコントロールと先読み、そして機体のセッティングが鍵だ。

アクチュエータをパワー寄りにすれば、俊敏さが失われる。スピードを重視すると、機体の安定性が減少して倒されやすくなる。ポイント狙いの打撃戦と、一発逆転狙いのフォール戦はなかなか両立しない。

大人のプレイヤーたちでも、これらのバランスに解答を出せてはいないのである。大会が開かれるたびにセオリーが書き換わる、そんな新しいスポーツなのだ。

無論、瞬兵と洋のＶＡＲＳはどちらも高いレベルでバランスが取れていることは言うまでもない。

その上で、瞬兵の青いＶＡＲＳは近距離でのタックルの早さと安定性にパラメータを振った、いわば〝グラップラー〟である。

一方、洋の赤いＶＡＲＳは距離を取ってのパンチとキックの正確さ、フットワークの精妙さにパラメータを振った、いわば〝ストライカー〟だ。

両者の戦いは、総合格闘技の試合にも似ている。

人間の肉体を模したロボット同士が戦う以上、一番理にかなっているのは、人間の戦い方であるからだ。

事実、瞬兵は動画サイトで格闘技の試合を何度も見て、その動きをＡＩに取り入れてもいる。

（人間が人間の肉体をコントロールする技術は、すごい！）

それが瞬兵の実感であった。

ＶＡＲＳを動かせば動かすほど、人型というフォルムの持つポテンシャルが、少年を感動させるのである。

青と赤のふたつのＶＡＲＳは、まるでダンスでも踊っているように、フィールドの中央で絡み合い、もつれ合う。

すでに、両者のＶＡＲＳは決勝大会までに疲労しているはずである。

だが、双方の動きにはいささかの乱れもない。

いや、むしろこれまでの戦いよりも鋭く、正確に動くようになっている。

これはＶＡＲＳに搭載された超ＡＩの学習精度を物語るものであり、操縦者の精神集中が極限まで高まっていることをあらわすものである。

限界ギリギリまで引き出された関節がスパークを上げ、フレームの軋みが聞こえてくる。

超低空から繰り出される赤いＶＡＲＳの掌打は中国拳法の発勁を学習させたもので、位置エネルギーを運動エネルギーに転化させて衝撃力を高めたものだ。それを青いＶＡＲＳは、柔術の達人がそうするように、なめらかにそらしてさばき、流れるように関節技に移ろうとする。その動きを、赤いＶＡＲＳは宙返りで回避して見せる。

一切のよどみもなく、ためらいもなく、ふたつのマシンは、少年たちの信頼に応えて、動き続ける。

「すごいな、ホントに小学生なのか？」

「今の動きは、U-18チャンプのＶＡＲＳより良かったんじゃないか？」

「純正品のパーツであんなに動けるものなのかよ」

そんな感嘆の声が、会場のそこかしこから聞こえる。

（スゴいよ！　洋のＶＡＲＳはホントにすごい！）

その感嘆は、瞬兵も同じであった。

こう来るだろう、こう返してくるだろう、という予想の半分は当たる。だが、残りの半分は、さらに上を行って来るのである。

それが、楽しい。

もちろん、瞬兵も洋の上を行こうと、務める。

鋼鉄の拳がぶつかり合い、センサーとAIが互いの意図を捉えようと交錯する。

コントロールの瞬発力では、バスケットボール部でもある洋が上を行く。

だが、AIの教育レベルの高さは、毎日をVARSとともに過ごしている瞬兵がわずかにしのぐ。

総合的に見れば、両者の戦力には決定的な差はない。

天運——

疲労——

偶然——

そういうものが、勝負を決めるのだ。

熱い汗が、額を伝う。

集中力の限り、気力の限りを尽くして、瞬兵の言葉とコントローラとが、VARSに指示を出す。

互いの機体が青と赤の奔流になって、小さな、しかし巨大な旋風を巻き起こして、ぶつかり合う。

（いつまでも、つづけばいいのに）

それが瞬兵の偽らざる本音だった。

戦いの中で、さらにＶＡＲＳのＡＩが成長していくのがわかる。洋の戦い振りを学習して、マシンがさらに強くなっていく。

それは洋の赤いＶＡＲＳも同じことだ。

ふたりの少年と、ふたつのＶＡＲＳは、高め合い、輝き合い、会場全体をどよめかせる。

互いのポイントが徐々に減少していく。

どんなささいなミスも、ふたりは見逃さない。

だが、そのミスも即座にリカバリーされるから、決定打にはならない。

そういう戦いだ。

激突する青と赤の機体は、少年たちの情熱の炎そのものだ。

渦となった炎は、海浜ドームそのものを飲み込んで、興奮のるつぼに変えていった。

＊＊＊

同時刻。

地球をはるかに見下ろす漆黒の宇宙で——

「あれが……蒼き星……チキュウ……？」

青く輝く流星がひとつ、地球の月軌道上に現われた。その流星は地球の姿を認めたかのように、あたかも物思いに耽るがごとく、地球を観察するようなコースを取った。

が、刹那。

「！！」

突如として出現した紅い流星が青い流星に襲い掛り、跳ね飛ばすようにして闇を切り裂き、地球へと向かうコースを取った。

ふたつの流星は螺旋を描くように、地球へと吸い込まれていく。それは人類が未だ理解し得ぬ霊的な質量を持たぬエネルギー体で、まっすぐに地球の一点を目指していた。

禍々しい真紅の輝きを放つ流星と、それに拮抗する神聖な輝きを放つ青い流星。

それはこれから始まる長い戦いを告げる、灯火だった。

＊　＊　＊

そして、それは起きた。
激突する二機のＶＡＲＳの中心で、ふたつの光が炸裂したのだ。
瞬兵の肉体は吹き飛ばされて、続いて、全身に強烈な衝撃が来た。
（え！　なに……ボク……死ぬの……⁉）
何が起きたのかわからなかった。
ただ、遠くにいくつもの悲鳴が聞こえて、ひどいことが起きていることは理解できた。
体中がひどく痛んで、指ひとつ動かすにも途方もない重さが感じられた。
このまま目を閉じていられたら、どれだけ楽だろうか。
安息に身を任せて、意識をなくしてしまえれば、どれほどいいだろうか。
細胞という細胞がそう訴えていた。

苦痛は重力の鎖になって、瞬兵の体を縛り上げていた。

だが、それでも。

瞬兵は、その幼い瞳を開こうとした。

この会場には、姉がいて、洋がいて、友達の菜々子がいる。

そうした大切なみんながどうなったのかを知らないままに、目を閉じることはできなかった。

だから、瞬兵は勇気を振り絞って、目を開こうとした。

そこにどんなにつらい現実が待っているとしても、知らないでいることはできなかった。

鉄のように重いまぶたを奮い起こし、水を吸った綿のように重い四肢を動かす。

そして。

瞬兵は見た。

（ひかり……!?）

爆炎の中、青い輝きが瞬兵たちを確かに守っていた。

その輝きは、青い龍のように見えた。

それが――瞬兵と〝バーン〟の出会いであり――。

新たな「少年」と「勇者」の物語の始まりだった。

For the 21st Children……

第二話
『その名はバーン』

海浜ドームのコントロール・センターでイベントを確認していたＶＡＲＳ開発室長、芹沢愛美は自分がコンソール・パネルに叩き付けられて気を失っていたことを自覚した。

「う……」

気絶していたことはわかる。それが何秒か、何分かは定かではなかった。壁の時計は砕けて地面に落ちており、コンソールの表示は完全に死んでいた。

（信じられるのは、目視だけか……！）

コントロール・センターはイベント会場全域を見下ろせる構造になっている。そこから見る景色は、彼女の想像を絶するものだった。

「な……！」

会場の屋根に巨大な穴が空き、何か、巨大な何かが会場に墜落してきたのだ、とわかった。コントロール・センターがその衝撃によって崩壊しなかったのは奇蹟の部類であろう。

もうもうとした煙……あるいはガスのようなもの……が立ちこめ、会場で何が起きているのかをここから見ることはできなかった。

「ひろみ！」

愛美はインカムの通信が生きていることを確認すると、MCを務める広報係の椎名ひろみを呼び出した。女子高生のバイトという立場だが、その機転とルックスの双方が買われてMCに抜擢された逸材であり、イベント運営においては愛美の片腕のような存在である。

『お姉さまっ⁉』

ひろみの声は多少かすれていたが、元気そうだった。

「ケガはない⁉」

『はいっ！　でも……何が起きているのか……！』

「わからないけど、今はとにかく避難誘導を優先して！」

爆炎の中には、弟の瞬兵とその親友の洋や菜々子がいるはずだった。

幸いなことに、非常口の誘導灯そのものは生きているし、警備スタッフも健在だった。彼らはひろみの指示で素早く動き出すと、パニック寸前の参加者たちをドームの外へと誘導していく。

（これでいい……後は……）

刹那。

煙の中で、何かが光った。

赤と青の、禍々しい光。

（あれは……対人感知用の光学センサー……⁉）

それは愛美の専門分野……すなわち情報科学やロボット工学に分類されるテクノロジーだった。

煙の中に、巨大な影が見える。

全高10メートル近いその影は、人を不格好に戯画化したようなそんな形をしていたが、機械であることは明らかだった。

（そんな……！）

軍用ドローンを発展させたロボット兵器、というアイデアそのものは珍しいものではないし、愛美自身も思考実験のひとつとして考えたことはある。いや……もっといえば、ＶＡＲＳの技術を軍事利用したがっているライバル企業がひとつやふたつでないことも知っている。

（けど、実用にこぎつけたなんて話は聞いたことがない……）

「‼」

煙の中から、光が放たれた。

緑色の光線が、海浜ドームの屋根を切り裂き、燃やしていく。

（光が目に見えたということは、レーザーじゃなくて荷電粒子砲かプラズマ・ビーム……!?　そんなもの、どこの軍隊だって実用化していないでしょう?）

燃え落ちるドームの屋根を見ながら、愛美は眼前の非日常を完全に受け入れることができないままでいた。

第二撃が来る。

カッ!　と放たれた緑色の光が、煙の中から出現した青いプラズマに弾かれて、消える。

そうでなければ、愛美はコントロール・センターもろともに消滅していただろう。

その青いプラズマはまるで、ドラゴンのようにも見えた。

「何が……一体、何が起きているの!?」

わかっていることはただひとつ。

青いプラズマの下には、瞬兵がいるはずだ、ということだけだった。

＊　＊　＊

「何が……起こったんだ……⁉」

瞬兵の目の前で、青いプラズマの光が消えて行く。

煙が晴れて見えてきたのは、全高10メートルほどの黄色く禍々しい巨人の姿だった。

その巨人の動きはゆっくりとしていたが、センサーの輝きは何かを探しているようで、頭部に備えられたビーム砲からはバチバチと電光が輝き、第三射の準備をしていることは明白だった。

「何が……何が起きてるの⁉」

瞬兵の周囲だけが、ひどく静まり返っていた。

煙の向こう、逃げ惑う人々の声や、誘導するひろみの声が、現実感を伴わず遠く聞こえた。

その時だった。

ゆっくりと瞬兵のＶＡＲＳが、淡いグリーンの光に包まれて浮かび上がったのは。

「ＶＡＲＳ……⁉」

それは彼の愛機だった。

だが、このような機能が備わっているはずもない。

（そうだ……さっき見た青い龍と、同じ感じがする……いったい……これは……）

戸惑う瞬兵の目の前で、VARSが口を開いた。

「少年⁉」

「⁉」

「こんなに幼い少年が、聖なる心を持つ者なのか……？」

（なんだろう……戸惑っている……ボクが子どもだから……⁉）

VARSが喋る、という事実を前に、瞬兵は文字通り腰を抜かした。

それは目の前に巨大ロボットがいることよりも、はるかに非現実的なものに感じられた——なぜって、巨大ロボットは世界の誰かが開発していてもおかしくないけれど、VARSは自分が作ったものだから機能のすべてを把握している。

「私の名は、バーン」

そして確かに、VARSはそう告げた。

それは、これからの瞬兵にとって決して忘れることのできない名前であった。

「ボ、ボクは、芹沢瞬兵！」

瞬兵は何を言えばいいのかわからなかったが、とにかく姉から

「どんな相手にであっても名前はちゃんと名乗らなきゃダメ」

と躾けられていたので、自分の名前を名乗ることにした。

「聞いてくれ、シュンペイ」

ふわふわと浮いたまま瞬兵のＶＡＲＳ――いや、バーンはその緑色の瞳で瞬兵をじっと見ていた。

そこになにがしかの生命が宿っていることは、疑いの余地もなかった。どれほど高度な超ＡＩでも、生きているような演技ができるとは思えなかった。

「この世界に、恐ろしい敵が迫っている」

「おそろしいてき……⁉　それって、あのロボットのこと……⁉」

瞬兵の向こうで、黄色いロボットがまたビームを放ち、ドームの施設が粉砕された。

「そうだ。敵の名は、ナイトメア」

「ないと、めあ……」

敵。

その言葉は、瞬兵の中で、容易に想像できるものではなかった。

敵とか味方というのは、ＶＡＲＳのチーム戦の中でだけ意味を持つもので、命のやりとりをする敵などというものは、少年の認識する世界には、ない。

だが、目の前で繰り広げられている破壊は、現実だった。

そして。

「私は宇宙の平和を守るため、この地球へやってきた。シュンペイ、どうか私と共に戦って欲しい！」

確かにバーンは、そう言ったのだ。

「ボ、ボクが⁉」

アニメやゲームの中でなら、是非とも言われてみたい言葉だった。

だが、現実のそれが瞬兵に与えたのは、喜びではなく、恐怖だった。

「ダメだよ、そんなの！」

「ダメ……不可能ということか？　なぜだ？」

バーンは失望というより、当惑しているようだった。まるで、瞬兵がそう答えることをいささかも予期していなかったかのようだ。

「だって……突然、そんなこと言われたって……困るよ。それに……ボクは弱虫だし、力だって強くないもん……戦うなんて、できないよ」

そう吐き出すように言うと、瞬兵の目からは大粒の涙がぼろぼろと流れていた。それは瞬兵の心からの言葉という表れでもあった。そして、誰もそれを責めることはできないだろう。

いったいどこの小学生が、巨大な殺人ロボットと戦う決意を固めることができるだろうか?

だが。

バーンだけは、この不思議なロボットだけは、瞬兵に戦う力があると、そう信じているようだった。

「私がこの星で戦うためには、君の勇気が必要なんだ」

「ボクの……勇気……!?」

瞬兵はバーンの言葉の意味が、しばらく理解できなかった。

それは綺麗事でも、比喩でもないようだった。

確かに目の前に浮かぶこの小さなロボットは、瞬兵の勇気を必要としているようだった。

「ムリだよ、できっこないよ!」

大地が激しく揺れた。

退避しようとしている人々を、巨大ロボットが追い始めたのだ。

天井が崩れて、バラバラと瓦礫の破片が瞬兵の髪に落ちてくる。

遠くのどこかで、誰かが瞬兵に逃げるよう叫んでいるのが聞こえた。

(このままだと……みんな死んじゃう……姉さんも……ヒロも……菜々子も……そして、ボクも……!)

そして、その危機感を共有しているのは、バーンも同じようだった。

「今は、詳しい話をしている時間はない。私に勇気を……!」

そう懇願するバーンの瞳は、切迫感に満ちていた。

「ダメだってば……!」

「さあ、唱えてくれ。ブレイブチャージ! ……と!」

「イ、イヤだ。怖いよ……!」

瞬兵にはどうしても、バーンの言葉に首を縦に振ることができなかった。

バーンが信じられないのではない。

自分と苦楽を共にしてきたＶＡＲＳに心が宿ったなら、それはうれしいことだ、と信じたい気持ちはある。

だが、目の前で起きている戦いという現実はあまりにも無慈悲で、恐ろしかったのだ。

だから、そのままなら瞬兵は何も出来ないまま、死んでいたのかもしれない。

その時である。

「……シュンペイ？　そこにいるの⁉」

聞き慣れた声がした。

少しお節介な幼なじみ、相羽菜々子の声だ。

（ナナコ……⁉　逃げなかったの……⁉）

ほとんどの人が避難している中、瞬兵の姿がないことに気づき、戻ってきたのだろう。おめかしをしていたはずの服は埃と煙に汚れ、髪もぼさぼさになっていたが、外傷はないようだった。

「シュンペイ、大丈夫⁉」

「！　来ちゃだめだ！」

ふたりのやりとりに、黄色いロボットが気づいた。

巨大な足が、ふたりの方を向く。

それだけで十分だった。

数十トンの巨大な質量が歩く、ただそれだけで、人を殺せるのだ。

その重みがドームを揺らがせて、何十キログラムかある瓦礫の塊が、菜々子に向かって、落ちるのが見えた。

「ナナコッ！」

反射的に瞬兵は涙を拭い、立ちあがった。

もうそこには、何かを恐れる心はなかった。

ただ、目の前の少女を守らねば、と思った。

だから、叫ぶ。


「ブレイブチャーーーーーーーーーーーーーーーージ！」

その声は、時空を切り裂く力だった。

闇を打ち払う「勇気」の光だった。

瞬兵のＶＡＲＳが青く輝き、龍のオーラを再び放つ。

それは奇蹟の始まりだった。

＊　＊　＊

「そんな、あれって……!?」

破壊されたコントロール・センターを脱出し、椎名ひろみと合流していた愛美は、目の前で起きている光景が信じられなかった。

黄色いロボットの前に、降り注ぐ瓦礫の前に、瞬兵と菜々子を守って立ちふさがる、青く美しい巨体があった。

そのデザインは最新のＶＡＲＳ〈ＶＢ－３〉型、つまり彼女が開発したＶＡＲＳそのものに見えた。車形態からロボット形態に変形するギミックを詰め込んだ15センチほどのマシンは彼女のお気に入りだったが、今目の前に立つ鋼の巨人は、人間の五倍ほどの大きさがあった。

「なんで？　ナンデ、あんなデカいの⁉」

愛美がこれまで知っていた科学の常識すべてが否定されていた。

だが、起きていることは疑いもなく現実である。

現実であるからには受容しなければならない。

これまでの認識が誤っていたなら、訂正せねばならない。

それが愛美の科学者としての矜持だった。

そしてこれが、彼女自身の人生が大きく変わる、その瞬間でもあった。

＊　＊　＊

崩れた瓦礫はバーンによってはじき返されたが、その衝撃で菜々子は気を失っているようだった。

「さあ、シュンペイ。この少女を……」

巨大化したバーンは瓦礫を苦にすることもなく、菜々子をそっと瞬兵のほうへと押しやってくれた。

「う、うん！」

瞬兵は菜々子を抱き起こし、その小さな体が温かいことに安堵をした。

「このままでは危ない。……わかるな？　シュンペイ！　いつものように、私に指示を！」

「いつものように……」

そうだ。

大きくなっても、言葉を話すようになっても。

目の前にあるのは、瞬兵が精魂を込めてプログラミングしたＶＡＲＳだ。

だったら、やることはひとつしかない。

（そうだ、どんな相手であっても、ボクとＶＡＲＳ《バーン》は……ひとつだ！）

「バーン！　そいつをここからたたき出すんだ！　でも、他の人を巻き込んじゃダメだよッ！」

「わかった、シュンペイ！」

青い流星のように、バーンが走った。

その巨大な腕で、黄色いロボットを掴む。

「うおおおおおおおおおおおおっっ！」

バーンの背中からバーニアの光が放たれ、一気にロボットを海浜ドームそばの広場に押し出して行く。そこは新機種の発表会場に使われていた場所で、すでに避難誘導を終えて完全に無人になっている場所だ。

が、ナイトメア、と呼ばれた黄色いロボットも、やられるままではない。

押し出されて海に投げ出された勢いのままに、ビームを放ち、バーンの装甲を焼く！

（そうか……後ろにボクらがいるから、バーンは敵の攻撃をよけられないんだ！）

勝つだけなら、自分たちを見捨てればいい。だが、バーンは「優しい」のだ、と瞬兵は理解した。

ならばどうする。

その優しさを優しさのままに、勝利させねばならない。

それがＶＡＲＳプレイヤーとしての計算だった。

「バーンッ！　ブキ！　なんか、武器とかはないの⁉」

「！　あるとも！」

バーンの前腕の装甲が開き、手首を挿し込むと巨大な拳銃が引き出された。人間のスケールに直せば戦車砲ほどもある銃だ。それを軽々とガンスピンさせ操ると、バーンは素早く狙いをつける。

「バーンマグナムッ！」

咆哮と共に、銃弾が放たれた。

狙い過たず、必殺の一撃が黄色いロボットの砲口へと撃ち込まれる。

（やった！　これでもうビームを使えないぞ！）

瞬兵は心の中で喝采を上げた。

これでもう、周囲の被害を気にすることなく戦うことができる。

だが、敵には手もあり足もある。

ボクシングのようなファイティング・ポーズをとって、抵抗する構えを見せた。

（望むところだ！）

「バーン！　今度は格闘戦だ！」

「ああ！」

大地を蹴って、バーンが走る。

「うおおお！」

咆哮とともに繰り出された拳は、怪ロボットのブロックした腕ごと粉砕し、吹き飛ばして海にたたき落とした。

遠巻きにしていた野次馬たちから、歓声が上がる。

＊　＊　＊

「すごい！」

愛美は、巨大な青いロボットに指示を出しているのが弟だとは微塵も想像していなかったが、技術者としてそのなめらかな動き、躍動感ある一撃に息を呑んだ。

「あのおっきなＶＡＲＳ、お姉さまが作ったんですか⁉」

そうひろみが問うてくれるのは光栄だったが、実のところ、人類の科学が到底到達しうるものではないのは明らかだった。

（たぶん慣性制御、もしかしたら質量軽減？　……そうでなかったらあの自重を支えながら、あんな格闘戦ができるはずがない……！　存在そのものが、ニュートン力学の限界に挑戦している……！）

だが、それは黄色いロボットも同じことだ。

全高10メートルの巨大な鉄の塊が殴り合いを繰り広げるなどということは、アニメや特撮の中だけのことであるはずだった。

今、愛美の眼前で、幻想と現実は入り交じろうとしていた。

＊＊＊

海に放り込まれた黄色いロボットは、傷つき、スパークを上げながらも抵抗を止めようとはしなかった。

それはまるで、自分の命を省みることなく、居合わせたすべての人間を殺し尽くそうとする、悪意の権化のようにも感じられた。

（このままあいつを放っておいちゃ、ダメだ！）

「バーン！　全力でアイツをやっつけて！」

瞬兵の叫びに、バーンは全霊で応えてみせた。ロボットに全霊という言葉がふさわしいのかどうかは議論の余地があるかもしれないが、少なくとも次に行なわれたことは、それにふさわしいように感じられた。

「おおおおおおお！」

青い戦士の叫びと共に、真っ青なプラズマが機体に集積されていく。

「バーンサンダァァァァァ！」

雷鳴は青い稲光となり、黄色いロボットめがけ放電された。

大気がイオン化する臭いが鼻をつき、衝撃波がごうごうと木々を揺らした。

凄まじい衝撃だった。
二、三度、ロボットは断末魔のように体を震わせたが、やがて動かなくなった。
そうして次の瞬間には、バーンと呼ばれた青いＶＡＲＳもまた、姿を消していたのである。

＊　＊　＊

（そうだ……あのカラーリングは……）

細部こそ変わっていたが、愛美はようやくに、あの巨大なＶＡＲＳが誰のものかに思い至っていた。

（あれは……シュンのＶＡＲＳだ……！）

他人にはわからないかもしれないが、あの機体のフォルムは、瞬兵のＶＡＲＳにドラゴンの意匠を付け加えたものだ、とわかった。

（だとしたら……！）

「シュン！」

愛美は迷わず、瞬兵の元へと走り出した。

もっとも、ＶＡＲＳのことがなくても、そうしていただろうけれど。

＊　＊　＊

「ナナコッ！　ねェ、しっかりしてよナナコ！」

我に帰った瞬兵は、気を失った菜々子に駆け寄っていた。

その日からは涙がこぼれ、菜々子の頬へと落ちていく。彼にとっては、人生で始めて体験する災厄であった。家族のように育った幼なじみの菜々子が死ぬかもしれない、という想像は、これまでしたこともなかったし、現在であっても、耐えられないことだった。

(息をしていたって……意識が戻らないことだってあるって……そうなったら……ボクのせいだ……! ボクの試合を見に来たから……!)

その不安はどれだけ続いただろう。

瞬兵は菜々子が目を覚ましてくれるなら、苦手な梅干しだって次からは残さず食べようと思った。

「大丈夫だ」

「バーン!?」

その声はすぐ近くで聞こえた。いつの間にか、元のＶＡＲＳのサイズに戻ったバーンは、瞬兵の肩にいたのだ。

「彼女の生命反応も脳波も正常だ。衝撃で気を失ったのだろう。すぐ、目を覚ます」

「ほんとに？」

「ああ」

バーンの声は、優しかった。

それでもなお、瞬兵にとっては永遠と思える時間が流れて。

「……うーん………」

菜々子はゆっくりと目を開いた。

それは、自分のＶＡＲＳがヒーローになったことよりもずっと、瞬兵にとっては嬉しいことだった。

抱きつきたいとすら思ったが、他人のプライベートエリアに断りなく踏み込むのは良くないことだ、と教わっていたから、それはこらえた。

その代わりに、瞬兵は顔を喜びでくしゃくしゃにして、笑顔と涙とが入り交じった不思議な表情を作った。

「シュンペイ……？」

まだ朦朧としている眼差しで、菜々子は瞬兵を見た。

「よかった！　気がついたんだね」

「シュンペイが……助けてくれたの？」

そう言われて、瞬兵は少し考え込んだ。

確かにそうだ、と言えないこともない。

（でも、助けたのはバーンだよね）

いやそもそも、自分がバーンと共に戦ったということは、口にして良いものだろうか？　アニメや特撮では、そういうのは秘密にしなければならないことになっていた。

「えっ？　えーと……まさか！」

結局、瞬兵は事実を隠蔽することにした。

なんとなく、自分がやった、というのは自慢たらしく思えたからだ。

「……あと、大きなロボットを見たような気がするんだけど……」

「うーんと……」

それについては、さてどう説明したものか。

が、言葉に詰まった瞬兵よりも先に、肩に乗っているバーンが答えを出してしまった。

「少女よ、ケガは、ないか？」

「キャッ！　ナニ⁉」

菜々子は飛び上がって驚いた。どんなVARSにも、いまのところ音声合成機能など搭載されてはいない。驚くのも当然のことだ。

「え⁉　ああ、コレは……」

「これって、瞬兵のVARSじゃ……」

「まぁ、そうなんだけど……なんて言ったらいいの？」

瞬兵は困って、自分の肩につかまっている声の主に目を向けた。なにしろ瞬兵自身にも、自分のVARSに何が起きたのかはわからなかったのだから。そもそも彼自身、聞きたいことで一杯だった。ただ、菜々子が心配だから、その想いが押し流されていただけのことなのだ。

「驚かせてすまない。私の名はバーン、聖勇者バーンだ　よろしく」

バーンは菜々子にやさしく微笑みかけた。金属の塊であるはずなのに柔らかい表情が作れるのは、持ち主である瞬兵にとっても不思議なことだったが、微笑んでいる、としかいいようがないのだ。

「よ、よろしく……」

もちろん、それに答える菜々子自身も、何が起きているのかは理解できていない様子だった。

「シュンペー、コレって？　その……超ＡＩってやつなの？」

「アハハ……とりあえず、無事でよかったってコトで！」

結局、瞬兵は笑ってごまかすことしかできなかった。

笑っていられるのは、生きているからだ。

それだけで、今は十分だった。

第三話
『勇気の源』

朝の光が、天井のステンドグラスを通して応接間を輝かせていた。

瞬兵の家は海に近い住宅街にあって、クラシックな和洋折衷スタイルでまとめられていた。半分は古めかしい和風建築で、残りの半分が洋館風の出で立ちである。

実際にはこの街が作られた時に建てられたものなのだが、あたかも戦前のモダンな家の風情があって、瞬兵はことのほか気に入っていた。

こうした作りになっているのは、祖父、厳五郎の趣味である。といっても、家族に趣味を押しつけたというわけではなく、祖父が提案し、家族一同が大喜びで受け入れた、という形が正しい。

今時珍しい応接間が設けられているのも、厳五郎の提案であった。

瞬兵の父と姉はそれぞれの仕事柄、来客が多い。そうした客を迎えいれる時に、プライベートなスペースをさらけ出すのも気恥ずかしいものだし、仕事上の機密が漏れてしまわないとも限らない。まして、そのような事情をさらけ出すことで客に気を遣わせるのは恥ずかしいことである、と祖父は考えていた。

だが、その日、芹沢家の応接間を訪れた客は、珍客という言葉ですら語り得ぬほどの特異な存在であった。

すなわち人類がはじめて遭遇する異種知性体、バーンと名乗ったVARSがそれである。

＊＊＊

「じゃあ、いったん整理しよっか」

全高15センチほどのバーンを上座に据え、議長役を務めているのは姉の愛美だった。

「あなたはアスタルと呼ばれる存在に仕える聖勇者で、グランダークという邪悪な存在が宇宙に混乱をもたらすのを止めようとしているって、コトね？」

「その通りだ」

バーンは重々しく……いや、あくまでもそのボディはVARSであるから重々しいというのも変なのだが、声音と態度からすると重々しくうなずいた。

「そして、海浜ドームに現われたのは、グランダークの手下、ナイトメア配下のロボット。ここまではいいわね？」

ドームに現われたロボットは、警察と研究機関が総力を挙げて調査しているという話だったが、

VARS

目下のところは何もわかっていないに等しいということだった。そもそも人類の科学では、10メートルを超える巨大なロボットが二足歩行しても自重で崩壊しない理由すら突き止めることができないのだ。

「グランダークは、マイナスの意識を操って、宇宙の安定を崩すつもりだ」

「ふむ」

「私は我が師、アスタルの命を受け、この地球に〈勇気の源〉を感じ、やってきた」

「ハハッ……ぶっ飛んだことをイケボで言うわね……」

技術者らしく、事実の分析だけに務めていた愛美も、バーンの言葉には困惑を隠しきれなかった。これは神話の領域だ。SFというよりはファンタジー小説の世界だ。

「私は宇宙意識体、落下の際、シュンペイが持っていたこの人形を借りたが、本来は実体を持たない存在だ」

「宇宙意識体？　なるほど……情報生命体ってことね」

「ウチュウイシキタイ？　ジョウホウセイメイタイ？」

瞬兵は姉の言葉が理解できず、バーンと愛美の間でキョロキョロと左右に首を振っていた。

「仮説の段階だけどね……プログラムのようなデータが意識を持った生命体のことよ。幽霊とか精霊とか……ゲームに例えるとそういう感じ？」

愛美はとりあえずゲームの中の言葉でわかりやすく説明をした。

「グランダークが司るものは、混沌と破壊」

グランダーク、という名をバーンが口にする時、そこには注意深い警戒の気配があった。まるでその名を口にすることすら、災厄を呼び込むかのようだった。

「そのパワーは強大で、おそらくは聖勇者の力だけで今のグランダークを封印することはできないだろう」

「えっ？　バーンだって、すっごく強いじゃないか？　それでも、グランダークにはかなわないの⁉　そんなにグランダークって強いの⁉」

瞬兵にしてみれば、バーンの強さはまさしく宇宙から来たスーパーヒーローだ。その力を持ってしてもグランダークを封じ込めることができない、と言われても、にわかに想像がつくものではなかった。

「私にはシュンペイ……キミが必要なんだ」

「どうして、ボクなの!?」

瞬兵はバーンの言葉にドキドキしながら自分の顔を指差して叫んだ。

えらい政治家や、姉のような科学者や、宇宙飛行士なら想像できる。でも、瞬兵はちょっとゲームが上手いくらいの、ただの小学生だ。そんな自分が……グランダークと戦うために必要になる？

瞬兵には想像することができなかった。

「グランダークを封印するには、聖なる心が必要だ。それは知的生命体の誰もが持っているものではない。この惑星に来た時唯一輝いていた聖なる心……それがキミなんだ、シュンペイ」

それまでじっと、岩のように押し黙っていた祖父、厳五郎が口を開いた。

「聖なる心……？　それはどういうものかな」

「あなたたち知的生命体が、感情と呼ぶもの……それは我々のような意識体には存在しないエナジーだ」

「？　バーン、あなたには感情がないの？　そうは見えないけれど」

愛美は首を傾げた。少なくとも、これまで話している限りにおいてバーンには自分たちと同じような心があるように思えたからだ。

「精神構造が違うということ？」

「そう考えてもらってよいだろう。怒りや悲しみは存在するが、それをエナジーとして発揮することができない。意識体である我々は、その存在自体が感情そのものだからな」

「自分自身をパワーソースにはできないってことね」

「そして聖なる心を持つ者が勇気を発揮する時、私は真の勇者となる」

「勇気？　感情だったらなんでもいいってわけじゃないのね？」

愛美はじっとバーンの機械の瞳を覗き込んで問うた。

「私は勇気を司る聖勇者。勇気は私の力の源だ」

「ふむ……」

厳五郎は顎を撫でて、天井のステンドグラスを見て、考え込んでいる様子だった。

「つまり、お前さんは瞬兵の中に勇気を感じて海浜ドームに現われた。そう言うんじゃな？」

昔気質の老人は、異常事態を自分自身で噛みしめるようにゆっくりと話した。

「はい。宇宙空間を漂っていた私に届いた光……それは、大きく美しい勇気の輝きでした」

「それが……ボク？」

瞬兵は小さく呟いた。

バーンの言葉はお世辞でも何でもなく、本当に自分のことを求めているのだ、とわかりはじめていたからだ。

「勇気の源がキミのような幼い子どもだったとわかり正直驚いたが……」

愛美と厳五郎は、じっと瞬兵を見た。

ふたりにとっても、弟あるいは孫がそのような光輝く存在、たとえばファンタジー小説の救世主のようなものだとは思われなかったからだ。

「別に光ってないわね……」

「当たり前じゃろ」

「でしょ？　ボクが勇気の源なんて、やっぱりなにかの間違いなんじゃ……」

瞬兵はまだ残っている戸惑いを素直に口にした。

「シュンペイが勇気の源であることは間違いない」

「なんで言い切れるの？」

バーンの即答に、瞬兵はちょっとむくれて見せた。もしかしてバーンは自分をからかっているのではないかとさえ思えたからだ。

「本当の勇気の源でなければ、私にブレイブチャージすることはできないからだ。私に力をくれたこと、それこそがキミが聖勇者を支える聖なる心の持ち主であることの証だ」

「…………」

瞬兵は正直なところ、困ってしまった。

自分の体から特撮やアニメのようなビームが出て、バーンを巨大化させた、とかなら理解もできる。でも、自分はただ無我夢中だっただけだ。もちろん確かに、怖いことに立ち向かうためになけなしの勇気をふるいはしたけれど、それが……宇宙を救うための力になるなんて言われても、どうしていいかわからないのが正直なところだった。

「なんじゃい。自信がないのか、瞬兵。おまえがバーンを巨大化させて、みんなを守ったのは事実じゃろうが」

「……そりゃそうだけど……」

祖父の言葉にも、瞬兵は即座にうなずいて見せることができなかった。

「ボクは……」

小学六年生が背負うには、いささかならず重い課題だった。

日本どころではない。バーンの言葉が真実なら、地球の、もしかしたら全宇宙の運命が、瞬兵の双肩にかかっていることになるのだ。

バーン自身にも、自分が突拍子もないことを言っているという自覚はあるのだろう。それ以上に言葉を重ねることはなかった。

沈黙が応接間を支配した。

「それで？」

首をわずかに傾げて、愛美は話題の転換をはかった。沈黙は彼女の好みではなかったからだ。

「あなたは瞬兵とふたりだけで、そのグランダークと戦うつもりなの？」

「いや。グランダークの侵攻を阻止するため、我が師アスタルは全宇宙に警鐘を鳴らした。それにより、すべての聖勇者が行動を開始しているはずだ」

「ええっ⁉　聖勇者はアナタ以外にもいるってこと？」

「もちろん。いずれもアスタルに見いだされた意識体だ。ただ」

「ただ……？」

「皆がどこにいるかは、正直なところわからない」

「どういうこと？　連絡手段くらい持ってないの、あなたたち」

「我々宇宙意識体は宇宙そのものに偏在している。どこにでもいて、どこにもいないとも言える。私がシュンペイの勇気を感じとって地球に来たように、望まなければ、形を取ることはない。それは他の聖勇者も同じだ。そして、形を取らない聖勇者と連絡を取ることは極めて難しい」

難しい話が飛び交って頭が「？」《ハテナ》になっている瞬兵をよそに、バーンと姉は難しい話に没頭していた。

「宇宙全体があなたたちの体だから、存在の焦点を絞り込めないってこと？」

「そう考えてくれていい。もしかしたら私以外にもナイトメアを発見し、すでに戦っている聖勇者がいるかもしれないが、それも今の私にはわからないのだ」

「不便ね」

「それほど宇宙は広いのだと思って欲しい。だが、シュンペイの協力を得られれば、いずれ他の聖勇者と連絡を取る術を見いだせるかもしれない」

何だかわからないが、要するに宇宙は広いので他の聖勇者にはスマホが繋がらない、くらいのことであるらしい。瞬兵が力を貸せば、アンテナが立って連絡が取れるかも、ということか。

「もうひとつ確認させて。あの時、ドームに落ちてきた青い光が、ＶＡＲＳと融合する前のあなただったと考えていいのね？」

「あぁ、そうだ」

「じゃあ、赤い光は？」

愛美の目がきらり、と光った。

「あなたと一緒に落ちてきた赤い光……あの光は瞬兵のすぐ側に落ちた。そしてあの怪ロボットが現われた……でも、それだけじゃないの」

「！　ヒロ⁉　もしかしてその赤い光はヒロに向かって？」

瞬兵は自分でも考えないようにしていたひとつの事実に思い当たり、ふるえあがった。

あの時から、瞬兵はヒロを見ていない。

逃げ延びたのだろうと思っていたが、一日経った今になっても連絡はない……いや、家にまだ帰っていないという。海浜ドームのたくさんのケガ人のリストの中にも、ヒロはいないのだ。あの事件の、たったひとりの〝行方不明者〟……。

それが何を意味するのか。

「あの赤い光が怪ロボットそのものだと思っていたけれど」

姉は、瞬兵の様子に気づいたのか、極力言葉を選んでいるようだった。

「映像記録は何度も確認したわ。青い光が瞬兵に落ちたのとほぼ同時刻に赤い光が落ちて……洋が姿を消している。まるで彼を目指して落ちてきたかのように……」

「赤い光もシュンペイを狙ってきたのかと思ったが……」

「そんな、それじゃヒロは……⁉」

「わからない……」

バーンは軽く首を横に振った。

「まぁ、消えちゃったってことは、死んでない可能性が高いってことよ。ヒロは万能イケメン少年なんでしょ？　決まったわけじゃないんだから、メソメソしない！」

「うぎゃ、姉ちゃん、やめてよぉ～！」

瞬兵の頭をくしゃくしゃすると、ジャケットを手に、愛美が立ちあがった。

「大体わかった……アタシ先に出るネ」

いつになく真剣な表情をした姉はそのまま足早に応接間を去ると、そのまま職場へと向かっていった。

しばらくの間応接間を支配したのは、沈黙だった。

瞬兵はヒロのことで頭がいっぱいになっていたし、バーンも厳五郎もそんな瞬兵にかける言葉を持たなかった。

その長い沈黙を破ったのは、応接間の中央に置かれた大時計が時を告げる音だった。

「あ」

瞬兵は顔を上げた。

「学校、行かなきゃ」

どんな災害や戦争があっても、人間は日常を維持しなければ生きていくことができない。小学生である瞬兵にとっては、それは学校だった。

「ガッコウ?」

バーンはその言葉を理解できないようだった。

「学校っていうのはみんなで勉強する場所で、毎日ボクが通わなくちゃいけないところなんだ」

「なるほど。それなら私も……」

「うーん。学校には、オモチャを持って行けないんだ」

「……そうか？」

バーンは不思議そうな笑顔で瞬兵を見上げた。

「ＶＡＲＳって、学校ではまだオモチャってことになってるんだ、だから……」

バーンは改めて自分の身体を見回して、自身がＶＡＲＳというオモチャであることを確認した。

「……そうか」

今度は落胆の「そうか」だった。

喋ろうが、宇宙を救う聖勇者だろうが、周囲からみればバーンはあくまでＶＡＲＳだ。いくら瞬兵がＶＡＲＳチャンピオンでも、小学校にＶＡＲＳを持って行くようなことはできないし、瞬兵もホビーと社会のつきあい方くらいはわきまえている。趣味は、放課後のものだ。

「だが、いつナイトメアが現れるかもしれない。私とシュンペイが離れるのは危険だ」

バーンの言葉にはわずかに危機感がにじんでいた。彼にとっては、地球の運命に関わることなのだ。

「学校終わったら、すぐに戻るよ」

「それならばシュンペイ……これを」

淡いグリーンの光がバーンの指先から放たれると、瞬兵の手に移動した。

その光を受け止めるように瞬兵が手を伸ばすと、光は手の上でふっと消え、ブレスレットのような形を取った。

「これは……？」

「バーンブレス。通信機のようなものだ。これで、私と連絡を取ることができる」

「……大丈夫かな」

確かにＶＡＲＳよりはずっと目立たないが、果たして学校に持って行ってよいものだろうか？

「ワシから先生に連絡しておこう。そうじゃな……スマートウォッチとでも言えばよかろう」

戸惑う瞬兵に、厳五郎が助け船を出してくれた。確かに、持病などでスマートウォッチをつけて、血圧などの数値を常時確認しているクラスメートはいる。健康管理の名目なら、問題にはならないはずだ。

「ありがとう、それじゃあ、行ってくるね！」

バーンブレスを手首にセットすると、瞬兵は学校へと向かうことにした。

「今日の授業参観には、ワシが顔を出すでな！」

祖父の言葉は、優しかった。

＊　＊　＊

瞬兵が出て行くと、応接間には厳五郎とバーンが残された。

厳五郎は茶を一口飲むと、じっとバーンを見た。

「難しいことはわからんが」

「…………」

「ば–んさんが瞬兵を見込んだこと、ワシは間違ってはいないと思うぞ……なにしろ瞬兵はワシの孫じゃからな」

厳五郎はエッヘンと胸を張って、バーンにウィンクしてみせた。

「瞬兵の名前には〝瞬間を掴む兵《つわもの》になる〟という意味があってな」

バーンの目の前に手のひらを掲げぐっと掴む、厳五郎のボディランゲージは的確だった。

「瞬間をつかむ……」

「一を知って十を理解する……という意味じゃよ」

厳五郎はとても優しい目をしていた。意識体であるバーンには、馴染みのない感覚だった。

「あの子はな、あなたの言葉を遠ざけておるのではない」

「………」

「頭のいい子じゃ。もうわかっておるんじゃよ。自分が何をするべきかはな」

「そうだと、いいのですが」

バーンにも、自分が言っていることが地球人の子どもにとって大変なことであることくらいはわかっている。彼自身、自分の勇気の源は、もっと屈強で成熟した成人であろう、と想像していたからだ。幼い地球人に過酷な運命を背負わせることはバーンの望むところではなかった。

「もう少し時間をくだされ。見守ることも大事ですでな」

「……見守る？」

バーンは厳五郎を見た。彼にはない考え方だった。厳五郎は言葉ではなく、ウィンクを返した。

その表情もまた、バーンには理解しにくいものだった。

バーンは戸惑いの中で、地球に降りてきてはじめて、自分がここにやってきた理由について考えた。

（人間という生物は不思議だ。なぜこんなに感情というものの色を変えるのだろう？）

宇宙意識体であるバーンには、寿命という概念はない。

静と動というものはあれど、地球の生物のように生命という時間感覚は希薄であった。それ故に、バーンの持つ感情は、知的生命体の感情とは意味が違う。宇宙がただあり続けるように、バーンもそこにあり続ける。

バーンの感情とは、海や山や星々の感情と同じようなものなのだ。だから、すさまじい速度で揺らぎと変化を繰り返す人間の感情は、バーンにとっては縁遠いものなのである。

（限られた生を生きるからこそ、このような感情を持ち得るのが知的生命体というものなのか……シュンペイが勇気の源である理由は、そこにあるのだろうか？）

＊　＊　＊

「セイユウシャ?」

いつもの通学路で、幼なじみの菜々子は瞬兵が口にした聞き慣れない言葉に首を傾げてみせた。

「そう。あの時、菜々子を助けてくれたロボット、バーンのことだよ」

「あのシュンペイのＶＡＲＳにそっくりな青いロボット?」

「バーンはセイユウシャでウチュウイシキタイなんだって」

瞬兵は、菜々子には事情を話すことにした。

みだりに口外するようなものでないことはわかっていたが、あの時菜々子は現場のすぐ側にいて、瞬兵がバーンとやりとりしているのを見ていたし、瞬兵のＶＡＲＳのデザインも知っている。変に隠し立てをして、菜々子が危険に巻き込まれるよりも説明してしまったほうがいいと考えたのだ。

「バーンはボクがグランダークを封印するために勇気のミナモトとして力を貸してくれ、って言うんだよね」

「ふーん、それでいつものーてんきなシュンペイが悩んでるってわけね?」

「のーてんきで悪かったな」

菜々子はずけずけと物を言うが、さっぱりして竹を割ったような性格だ。瞬兵にとっては相談しやすい友人である。

「なんか、不思議だけど、シュンペイが必要だ！　って宇宙からやってきたんでしょ？　ステキじゃない」

「ちょっとできすぎた話のような気もするんだよね。ボクの勇気が必要だ……って」

「でも、シュンペイの言葉でバーンはおっきくなって、たたかって、あのロボットをやっつけちゃったんでしょ？　だったら、バーンの言ってることはホントなんじゃない？」

「まぁ、そーなんだけど」

もちろん、あの怪ロボットを含めて邪悪な宇宙人であるバーンの自作自演で、という可能性だってなくはない。だが、そんなことをして小学生の瞬兵を陥れることに何らかのメリットがあるとは考えがたい。それは姉の愛美も同じ意見だった。それよりは、バーンが語っていることが真実だと考えるほうが納得がいくのである。

が……それは理屈のことだ。

瞬兵はまだ、自分の置かれた状況を飲み込めないままでいた。

現実はゲームのチュートリアルではないのだから、そうなる。

（それに……ヒロのことだって）

洋のことについては、話せなかった。

まだ仮定の話だと愛美も言っていたし、菜々子に過剰な心配をかけたいわけでもなかった。

＊＊＊

朝礼前の教室は、海浜ドームのロボットの話で持ちきりだった。

（そりゃそうだよね、大事件だったもん）

「あ、来た来た！　待ってたんだぜ、シュンペー！」

だから、体の大きいガキ大将格の千葉大地が馴れ馴れしく話しかけてきたのも、不思議ではない。

とはいえ、声と態度も大きい大地のことを瞬兵はちょっと苦手に思っていた。他者のパーソナルスペースに悪気なく入ってくるタイプなのだ。

「なぁ、昨日のイベントって結局どーなったんだよ?」

「まぁ、あれじゃあイベントどころじゃないよね」

瞬兵としては、さらっと受け流したいところだった。

が、そんな空気を読む大地ではない。

「でけえロボットがドームぶっ壊したって聞いたぞ? シュンペー見たのか?」

「……………うーん?」

「それにサカシタは? 今日まだ見てねえぞ? おまえら、一緒にＶＡＲＳの大会に出てたんじゃねえのかよ?」

「! それは……」

それこそ、瞬兵には触れられたくない話題だった。

菜々子にも話していないことを、大地に話せるはずがない。

だから、ごまかし気味に席についた。

が、そのことが、大地を触発したのも事実である。

「オイ〜、やっぱりなんか知ってるんじゃねえのか?」

ぐい、と肩を掴まれた。

「言えよ、シュンペー！」

「やめなさいよ、ダイチ！」

その手を払って押しのけるようにして割り込んだのは、満面ふくれっつらの菜々子だった。

「昨日は大変だったのよ！　話せないのは仕方ないでしょ！」

「おめぇは関係ねーだろぉ⁉」

「うっさい！　シュンペイ！　ちょっと来て！」

菜々子は、瞬兵の手を引っ張って教室を出て行った。

「幼なじみはたいへんね。あたしだったら絶対ヤダなぁ、ああいうの……」

一部始終を見ていた女生徒、森尾成予がしみじみとそう呟いたものである。

＊　＊　＊

その頃。

学校を見下ろしている、黒い影があった。

バーンと同じ、意識体である。

だが、その向いているところはバーンと同じではない。

憎み、妬み、蔑み、そんな心によって織り成された意識体である。

意識体の名を、ガストと言った。

「あれがガッコウ……たくさんの子どもたちを集めて、ムリヤリ勉強させる場所なんだな」

影は歪んで、左右非対称《アシンメトリカル》な醜い怪物の姿を取った。

その赤い口から伸びた舌を、べろん、と舐めずってみせる。

「ややや⁉ この辺りに不平不満の気が満ちているんだな。休みたい……楽をしたい……そんな願いでいっぱいだぞ」

ガストの体が膨らみ、霧のようなものを噴出した。

霧は、ゆっくりと学校を包み込んでいく。

「このオレ様が、人間たちのホントーの望みを解放してやるんだな！ う〜ん！ オレ様って、なんてイイヤツ！ げひっげひヒヒヒッ！」

ガストは不気味な笑い声と共に霧の中へと溶け込んでいった。

第四話
『その名はバーンガーン』

いまどき珍しいことではあるが、小学校の屋上は生徒たちに解放されていた。海と自然の調和した海浜市の自然と親しんでもらいたいという教育方針の結果だった。もちろん、金網ごしではあるが、瞬兵はそこから眺める青と緑のコントラストが好きだった。

「どうしちゃったのよ、シュンペイらしくない！」

菜々子が屋上に瞬兵を連れ出してくれたのは、重苦しい教室の空気から救い出してくれようとしたというのは、わかる。

「うん……」

「バーンのこと？　それとも、ヒロのこと？」

「両方、かな」

瞬兵は金網に手をあてて、遠くの海浜ドームを見た。戦いで破壊されたそこは、緊急補修用のシートで覆われて、無惨な姿を晒していた。

「ヒロがいなくなったことに……バーンとナイトメアの戦いが関わっているなら……ボクは……」

「バーンだって、シュンペイを戦いに巻き込みたいって思ってたわけじゃないんでしょう？　本当なら、もっと大人の人を選んで……」

「そうだと思う。どうしてボクが勇気の源なんだろう」

「うーん……ウチュウイシキタイにはウチュウイシキタイにしかわからない理由があるんだろうね、きっと」

「今度のことは、バーンにもわからないんだから、余計だよね」

勇気って何だろう。

プロレスのチャンピオンでも、メジャーリーガーでも、ソウリダイジンでもない自分が持っているもの。

バーンブレスを見ながら、瞬兵は考えたが、わからなかったし、菜々子にもわかるはずがなかった。

「！」

その時である。

学校全体を紫色の禍々しい霧が取り囲んだ。

霧は、換気のために開け放たれていた窓から侵入し、学校全体に拡散していった。

「これは……⁉」

考えるより先に瞬兵と菜々子は駆けだしていた。

ただのガス漏れや自然現象でないことは明らかだった。

自分に何ができる、と思ったわけではない。ただ、身体が動いていた。

＊　＊　＊

廊下と教室では、クラスメートたちがバタバタと倒れていた。

死んでいるのか、と瞬兵は恐怖したが、胸の上下が呼吸をあらわしていたことには、安堵した。

が、倒れかたは尋常ではない。

机に突っ伏している者はまだマシなほうで、床に大の字になっているもの、窓枠にもたれて上半身を風に揺らせているもの。まるで、生きる気力を失ってしまったかのようだった。

「み、みんな、いったいどうしちゃったの⁉」

瞬兵は机の側で座り込んでいる知世と成予に声をかけたが、わずかにうめき声が返ってくるだけだった。

（熱は……！）

額に手を当ててみたが、発熱はない。

突然伝染病が発生した、というわけではなさそうだった。

「めんどう……くさい」

「え!?」

「放っておいて……めんどうなの……」

いつもハツラツとした知世らしくもない言葉だった。

「大地！」

「そうだ……もう……ど～うでもいいだろぉ……」

机に突っ伏している大地も同じだった。いつもの憎まれ口はそこにはなく、休日の朝のお父さんを百倍に煮詰めたような怠惰さだけがそこにあった。

「ナナコ！　手伝って！　みんなを保健室に運ばないと……」

だが、返事はなかった。

「ナナコ⁉」

くたっ、とまるで糸の切れた操り人形のように、菜々子もまた、教室の床にへたり込んでいたのだ。

「あ……シュンペイ」

その細い肩を抱き留めて揺さぶる瞬兵の言葉にも、菜々子は虚ろな目と表情で言葉を返すばかりだった。

「まあ……いいじゃない……めんどくさいし……ジコセキニンってことで……」

「そんな、おかしいよ！　ナナコ、ナナコ！」

「うるさいなあ……」

瞬兵はぞっとした。

言葉は通じるのに、意志が通じていないのだ。

まるで、映画の中の宇宙人みたいだった。

生きる意志を失った菜々子は、先ほどまでの元気さはどこにもなくて、空気の抜けたゴム風船の人形のように思えた。

機械的に、めんどくさい、うるさい、ほっといて、と返すだけの菜々子とクラスメートたち。

難しい言い方をするなら、そこには人格の連続性がなかった。

さっきまで見知っていた顔が、知っている顔ではもはやない。

姉、祖父、母、父……

（もし、これが学校だけじゃなかったら……）

それらが皆、こんな風になってしまったら、自分に何ができるのだろう？　生きる屍のようになった家族や友達に、何がしてあげられるのだろう？

それは幼い瞬兵のまだ知らない、心の奥底からの恐怖だった。

瞬兵はへたり込んでしまった。

霧の影響ということではない。

ただ、怖かったのだ。

本に書いてある〝腰が抜ける〟というのは本当なのだと、瞬兵はその時知った。恐怖すると、腰骨が沈み込んだようになって、立ちあがることができなくなるのだ。まるで、お尻から下がクラゲにでもなってしまったかのようだった。

紫色の霧はさらに広がって、もう、窓の外の景色も見えない。

教室の中で、たったたったひとりだけ。

たったひとり、自分だけが正気を保っている。

その理由は、すぐに分かった。バーンブレスだ。

バーンから託されたブレスレットが、暖かい光を放って、紫色の霧を跳ね返しているのだ。

(?……虫よけ?)

こんなに怖いのに、バーンブレスにつっこんでる自分が瞬兵はちょっと不思議だった。

改めてバーンブレスを見て、バーンの言葉を思い出した。

「バーンブレス。通信機のようなものだ。これで、私と連絡を取ることができる」

「バーン……」

その名前を、おそるおそる呼んでみた。

答えが返ってこなかったら、どうしよう、と思った。

一瞬の、しかし、瞬兵にとっては永劫にも思える沈黙があって。

そして、それは来た。

「シュンペイ！」

紫の霧を切り裂いて、飛来する一条の光。

手の平に乗るほどに小さく、流星のようにまぶしく。

風をまとって少年の手の平に降り立つ、慣れ親しんだ金属とプラスチックの重み。

彼のＶＡＲＳ、聖勇者バーンが、そこにいた。

「バーン！」

「シュンペイ！　無事だったか！」

「う、うん……！　でも、みんなが……」

瞬兵は泣き出したいのを必死にこらえた。それよりも、今何が起きているのか、バーンに伝えなければならないと思った。

「この邪悪な思念は……間違いない。グランダークの手先、ガストのしわざだ」

「ガスト？」

その名前には、響きだけで空気を淀ませ、腐敗させるような力があって、瞬兵はちょっと不快になった。

「醜悪と怠惰を象徴する意識体だ。ガストはこの霧を使って、この学校の……いや、この街の人間すべてを無気力にしてしまうつもりなのだろう」

「そんな……！」

気力を奪われるということは、生きるための意欲を失うということだ。このままでは菜々子たちは、活動することはおろか、食べることや飲むことも忘れて衰弱死してしまうだろう。

ずしん、と校舎が大きく揺れた。

「！」

窓の外、紫色の濃霧の中を、小山ほどもある影が歩いて行く。三角頭のそのフォルムに瞬兵は覚えがあった。海浜ドームを襲撃したあの怪ロボットだ。その頭部から、シャワーのように霧が噴き出しているのが見えた。

「あれは……！」

「〈ガニメデ〉。グランダークの軍勢ではそう呼ばれている」

「海浜ドームのやつだけじゃなかったの⁉」

「ヤツらの本格的な侵攻が始まったということだ。私のセンサーが認識している限りでは……四機。この学校を取り巻くように展開している」

「そんな……！」

一機でもあれだけの被害を及ぼしたロボットが、四機もいる。

その事実は、瞬兵の魂を再び怯えさせるのに十分だった。

だが、バーンはいささかも恐怖していないようだった。

いや、そもそも彼が言うとおり、人間の言う意味での感情を持ち合わせていないかのようにすら見えた。


「行こう、シュンペイ！　このままでは手遅れになる！」

だが、へたり込んだまま、瞬兵は力なく首を横に振った。

「ムリだよ、バーン。やっぱり、ボクにはできないよ……」

「なんだって？」

バーンは戸惑っているようだった。

そうだろう。何しろ瞬兵は勇気の源なのだ。だが、今その勇気を必要としているのは、他ならぬ瞬兵本人だった。

人間の存在そのものを書き換えてしまうような怪異に、腕の一振りでビルをも粉砕するであろう脅威に、一介の小学生が立ち向かえるものだろうか？

「シュンペイ、よく聞いてほしい。このままでは、たくさんの人がガストの邪悪な力に飲み込まれてしまう。私だけでは、それを阻むことはできない」

「…………」

「私は信じている。シュンペイの〝勇気〟を！　だから、シュンペイ、信じて欲しい！　私のことを！」

「でも……」

「戦わなくてもいい。シュンペイが仲間を助けたいという気持ちを、育てればいいんだ」

瞬兵はバーンを見た。バーンの機械の瞳は、優しく瞬兵を見守ってくれているようだった。

「ガッコウのみんなは、シュンペイのことが好きだろう？　シュンペイは違うのか？」

「みんな……」

そうだ。

こうしている間にも危機に陥っているのは、自分だけではない。

学校にいるクラスメートの皆が、生命の危機に陥っているのだ。

瞬兵は自分がもう洋に会えないかもしれない、と思った時の胸が締め付けられるような恐怖を思い出した。それが、クラスのひとりひとりに及ぶと考えれば、耐えられなかった。その恐怖は、紫色の霧や巨大ロボットに対するものよりも、ずっとずっと強いものだった。

そんな瞬兵の心情を知ってか知らずが、バーンは瞬兵に少し近づいて、言った。

「戦うことが〝勇気〟じゃない。守ろうとする心が〝勇気〟なんだ」

「え」

瞬兵はバーンの言葉の意味を図りかねた。

けれど、その声音の中にある暖かさのようなものが、心の中にしみ通って、紫の霧がもたらした恐怖をぬぐっていくのを感じていた。

「守ろうとする、心……」

瞬兵は、ぐったりとしている菜々子を見た。大地を見た。知世を見た。たくさんの、たくさんのクラスメートを見た。

（ボクは、ひとりじゃない）

今、友達に降りかかっている運命に立ち向かえるのは、今、友達を守ることができるのは、自分だけなのだ。

そう思うと、不思議と力がわいてくるのだ。

震えて、萎えていた足が、動く。

抜けてしまっていた腰が、ようやく立ち上がり方を思い出す。

そうだ。

（勇気の源がなんのことかなんて、わかんない）

足が、大地を踏みしめる。

瞳が、前を向く。

（けど、コワくなんかない。バーンのことを信じて……！）

立ちあがった。

震える足を必死に押さえた。

流れる涙をぬぐった。

「バーン！」

「瞬兵！　私に勇気を！」

「うん！」

何をすればいいかわかっていた。

なすべきことはひとつだった。

たぶんそれが、勇気だった。


「ブレイブチャーーーーーージ！」


バーンブレスが、蒼く輝く。

車に変形したバーンが、窓から飛び出していく。

そして、光に包まれたVARSのボディが、巨大な人の姿を取る！

「バーン、おねがい！　あいつらをやっつけて！」

「もちろんだ、シュンペイ！」

窓のそばにいたガニメデが、突如出現したバーンに戸惑いながらも、巨大な腕を振り下ろそうとする。

だが、速いのはバーンのほうだ。

最適化を繰り返した運動プログラムそのままに、最短の動きでバーンマグナムを抜き、発砲する。

至近距離の、砲口と装甲が触れあうような射撃。

ガニメデの装甲が砕けて、断末魔の叫びのように紫の霧をまき散らし、倒れる。

「やったあ！」

瞬兵は小躍りした。

（そうだよ、バーンがいれば怖いものなんてあるもんか！）

「シュンペイ！　そのままバーンブレスで私に指示をくれ！」

「うん！　任せてよ、バーン！」

バーンブレスには、VARSにコマンドをインプットするためにふたつの入力システムがあった。ひとつは通常の音声入力システム、もうひとつはブレスから空中に投影されたAIに視線を送って入力する視線入力システムである。瞬兵の腕ならば、戦闘しながらでも必要なデータを随時出入力することが可能だ。

瞬兵は決して、戦いを遊びのように捉えているわけではない。

だが、剣術の達人が日々の稽古から剣の術理を見いだすように、消防士が大火災に備えて毎日の訓練を繰り返すように、VARSで何千何万回と繰り返したシミュレーションは、瞬兵にプロのVARSプレイヤー顔負けの判断力を与えていた。

（来る！）

霧の中から、二体のガニメデが左右より距離を詰めてくる足音が聞こえた。

バーンのセンサーが得た情報が、バーンブレスに投影される。

「ジャンプだ、バーン！」

「タァッ！」

蒼いジェットの奔流を噴いて、バーンが学校の屋上より高く舞い上がる。

バーンを捕えようと突っ込んできた二機のガニメデが衝突し、派手な火花が上がった。

「今だ！」

瞬兵の叫びを受けて、バーンの頭部にある三本の爪〝ドラゴネイル〟にエネルギーが集中する。

イオン化した大気の刺激臭が漂い、ついで集積したプラズマが雷鳴へと変わる。

「バーンサンダァァァァァ！」

ドラゴネイルから放たれた雷霆の一撃が、ガニメデを貫き、煙を噴いて擱座させた。内部の電子機器をバラバラに破壊したのだろう。

着地し、ファイティング・ポーズを取るバーンには傷ひとつなかった。

瞬兵はそれを見て、本当に、心からたのもしいと思ったのだ。

＊　＊　＊

「何が……起きているの……？」

校門の外では、授業参観に訪れた親たちが、不安げに霧に包まれた学校を見守っていた。

校内からは巨大な金属がぶつかり合う音と銃声、爆音がひっきりなしに聞こえてくる。ただ事でないのは誰の目にも明らかだった。何人かの親たちがスマートフォンで警察を呼んでいる。

その中に、瞬兵の父である徹と、母である薫の姿もあった。

多忙の中を縫って、息子の授業参観に顔を出そうと駆けつけたふたりである。徹はC－Nａゼネラルカンパニーのエリート営業マン、薫は高名な料理研究家であった。

「瞬兵……！」

今にも駆け出そうとする薫の肩を、徹がおさえる。

「大丈夫だよ、母さん。瞬兵なら大丈夫だ」

「でも」

薫が霧の中に飛び込もうとしたのは、親としての当然の情であろう。だが、霧がどのような性質かもわからず、中で何が起きているかわからないのに飛び込むことはできない、という徹の判断もまた、正しかった。

ふたりは互いの判断を信じ合うことができる夫婦だったから、そこで仲違いをすることはなかった。

「薫さん、せがれの言う通り。瞬兵なら大丈夫じゃ」

そんなふたりに声をかけたのは、アロハ姿の厳五郎だった。本来、授業参観に顔を出す予定だった祖父その人である。

「え？」

厳五郎の言葉には、願望や祈りを超えた何かがあった。もっと、確信のようなものである。

「ちょうどいい。瞬兵の勇姿、よく見ておけ」

「え……⁉」

徹と薫は、厳五郎の言葉を図りかねながらも、彼の指差す先を見た。

紫色の霧の中、黄金の雷鳴をまとって、蒼い龍のごときロボットが、校舎を守って戦っているのが、確かに見えた。

「あそこにいるの……瞬兵……⁉」

＊　＊　＊

「ぐぬぬぬぬぬぬぬぬ」

戦いを見ていたのは人間たちばかりではない。

霧の奥深くに身を潜め、ガニメデたちを操っている邪悪の意識体、ガストは部下たちのふがいなさに怒り、身を震わせ、口から腐汁をしたたらせていた。

ガストにしてみれば、すべては〝善意〟で為したことである。

人間の子どもたちが学校を、生きることを面倒に思っているのなら、何もする気をなくさせてやればよい、というのは彼の〝善意〟であった。

人の望みを叶えてやるのは素晴らしいことだ、と本気で考えているのである。

その結果については知ったことではない、いや、認識することができない、というのが彼の存在のあり方なのだ。

そのガストにとって、望みを叶えようとする彼の意志を砕く、バーンのありようは悪、ということになる。

「そうか……あれは聖勇者か……！」

ガストの認知は歪みきっていたが、愚かではない。

聖勇者ならば、そのエネルギーの源となる感情を与えている人間がいるはずだ、と考える。

「どこだ」

ガストは目と耳を蠢かせた。

その間にも、三機目のガニメデがバーンの回し蹴りを喰らって頭を吹き飛ばされ、倒れる。

そしてついに、ガストは霧の中、ひとり動き続け、バーンに指示を送っている少年、すなわち瞬兵を見いだした。

「あの子どもか……！　オレの善意をスナオに受け取らないのは……！」

ガストは全身から湯気を噴き出さんばかりに怒った。

怒り、その肉体を大気に溶かすと、破壊されたガニメデの残骸と一体化させていった。

＊　＊　＊

四機目のガニメデを破壊したのと、バラバラになったガニメデの残骸が動き出したのは、同時だった。

「!!」

バーンは残骸が動き出したことにも驚いたが、その動きにこれまでにない邪悪な意志が宿っていることに、人間で言うならば戦慄を覚えた。

(これまでのガニメデはただ、意志に従う人形だった……だが、あれは違う！　あれには、人を苦しめようという邪念がある！)

残骸が、人の形を取る。その大きさは、これまでのガニメデの何倍もあり、校舎を圧するほどに大きい。ガニメデの装甲やケーブルが外殻を形成し、腐り、膿んだ緑色の肉体がその内部で蠢いているのだ。生物と機械が不気味に入り交じった、悪夢そのものの姿。

「ガストかッ！」

「その通りだよォん、聖勇者！」

バーンがVARSを依り代としたように、ガストもまた、破壊されたガニメデを依り代に実体を得た。

そのガストの肉体から、緑色の触手が伸びる。

伸びた先は、瞬兵のいる校舎だ。

「あぶないっ！」

迷うことなく、バーンはその肉体を投げだした。装甲が砕け、スパークが上がる。だが、触手のことごとくははじき返した。それでいい。瞬兵が傷つくくらいなら、このボディなどいくらでも砕かれていい。

「バーンッ！　大丈夫⁉」

自分を案じる瞬兵の声がした。

不思議な気分だった。

これまで、永い悠久の時の中で、自分を案じてくれるこのような意識を感じながら、戦ったことはなかった。

バーンの思考回路に、温かいものが宿る。

知らない感覚だが、不快ではなかった。いや、ずっとその温かさに浸っていたいと思った。

「ボクは大丈夫！　だから、一緒に守ろう！　守ろうとする心が〝勇気〟なんでしょ⁉」

「シュンペイ……！」

やはり瞬兵は勇気の源なのだ、とバーンは確信した。まだ小さな勇気だが、確実にその器は成長している。

「瞬兵！私に勇気を！！！」

バーンは叫んだ。

そして瞬兵は応えた。

バーンブレスが反応し、先端のドラゴンヘッドから緑色の光がほとばしる。

その輝きに導かれるように、瞬兵は知るはずがない言葉を口にした。

「ブレイブチャージ！　バーーーーーンッ！　ガーーーーーン!!」


バーンガーン。

それが勇気の力を引き出す鍵だった。

その言葉こそ、光の源だった。

バーンの意識に、人間の言葉でいう閃きにも似たとてつもない情報量のデータが光となって流れ込む。

（な、なんということだ！　瞬兵の大きな勇気が、私にさらなる力を与えるというのか……!?）

それはバーン自身にも知り得ぬ、大いなる意志だった。

目覚め始めた瞬兵の勇気は、聖勇者バーンの本質そのものに介入し、さらなる輝きを引きだそうとしていた。

「オオオオオオオオオオオッッッ！」

流れ込んできた情報、すなわち勇気がＶＡＲＳの〝超ＡＩシナプス〟を介して機体の隅々に行き渡る。そして、バーンが融合したＶＡＲＳの全パーツに瞬兵の勇気がみなぎった刻、バーンはその心に浮かんだ新たな力の名を叫んだ。

「ガーン！　ダッシャーーーッッ！」

空間が割れ、巨大なトレーラーのようなメカニックが姿をあらわす。

それこそがガーンダッシャー。

バーンの新たなる力が形をとったマシーンだった。

バーンは確信した。

（これが勇気の源！　成長する勇気《シュンペイ》の力だ！）

スラスターの噴射炎を引いて、ガーンダッシャーが立ちあがった。

トレーラートップは上半身、トレーラー部は下半身、すなわちバーンよりもはるかに巨大なロボットへと姿を変えていく。それはいわば、人間におけるパワーローダー、強化外骨格装甲服にも似ていた。

真っ二つに割れたトレーラートップの内部から、収納されていた胴体部のドラゴン・ヘッドが出現する。その上に、美しい頭部が現われる。両拳が展開され、プラズマの輝きで周囲を満たす。

「タァッ！」

跳躍したバーンが、人型に変形したガーンダッシャーの背部へと吸い込まれる。バーンの意識は、すぐさまガーンダッシャーへと融合した。

そう、これがバーンガーン。

聖勇者バーンが、瞬兵という勇気の源を得て獲得した、新たなる勇者の姿。

（勇気《シュンペイ》を守らねば！）

バーンの意識に呼応して、バーンガーンの頭部にあたる部分の宝石、〝ドラゴンストーン〟から光が伸び、瞬兵を内部へと収容した。これでもう、ガストに害されることは絶対にない。なぜなら、バーンガーンの内部こそ、この宇宙でもっとも安全な場所であるからだ。

「龍神合体ッ！　バーンガーン!!」

その瞳が勇気の緑に輝く。

その巨大な拳に力が溢れ閃光を放つ。


それは暗雲を切り裂く蒼き稲妻。

弱者を守護する巨大なる龍の神。

人の姿をしながら人にあらず、機械でありながら機械でない。

ただ勇者と呼ぶ他にない、蒼く輝く巨神。


バーンは驚愕していた。

宇宙意識体であった自分が、強大な勇気というエナジーに満たされたのだ。その勇気の力が、こんなにも強く、温かいものだとは！

「ありがとう、瞬兵」

「え⁉」

瞬兵はバーンガーンの内部、光の中にいることにまだ戸惑っている様子だった。

「キミの勇気が私の新しい力となった！　キミの勇気で満たされたことで、私はバーンガーンになることができたんだ！」

「バーン……ガーン……！」

瞬兵は、そしてバーン自身も、その新しい名前を噛みしめた。

ふたりが見ているものは、同じだった。

ふたりの願いも同じだった。

ただひとつのことのために。

バーンガーンの瞳は、勇気の色に輝いていた。

「行こう！　みんなを守るんだ！」

瞬兵の言葉は、いつでもバーンガーンに勇気を与えてくれる。

その勇気がある限り、どれだけでも戦うことができる。

「ゲゲエッ！　お前、合体するなんてズルイぞ〜！」

妬みに満ちたガストの触手が、バーンガーンへと伸びる。

「バーンナックル！」

バーンガーンの両腕からクローが伸び、そのまま射出される。射出された拳、すなわちバーンナックルは、触手をズタズタに切り裂いて大地にたたき落とすと、ふたたびバーンガーンへと装着された。

「なななななな。許さないぞ！　おまえのやる気をコワしてやる！」

ガストの身体から噴出した紫色の霧が、結晶体となって降り注ぐ。

「バーンガーン！　あれをたたき落として！　でないと、学校が！」

「わかっている！」

バーンガーンの全身を怒りが満たす。それは憎悪ではない。純粋に、悪に憤る心だ。弱者を守ろうとする想いだ。

その願いが、炎となって胴体のドラゴンの口から噴出される。

「ドラゴンバーーースト！」

紅蓮の炎が、バーンガーンに襲い掛る紫色の結晶体を焼き尽くした。

そればかりではない。周囲を満たしていた重苦しい霧もまた、炎の中に消えて行く。

見えるのは青空。

バーンガーンの装甲と同じ、果てしない勇気の色だ。

「あ……」

目を覚ました子どもたちが最初に見るのも、そう。

自分たちを守ってくれる、蒼穹の色をした勇者の姿。

雷鳴を纏い、巨大な剣を手にして空へと舞い上がる。

「デュアルランサー！」

巨大な二振りの剣を正面で合わせ、両刃の槍に変えたバーンガーンが、X字にガストを両断する。

「クロスインパクト!!」

雷鳴がガストのボディを完全に焼き尽くし、断末魔の声を走らせた。

＊　＊　＊

だが、聖勇者の力であっても、ガストを打ち倒すには至らなかった。

緑色の幻影のごとき意識体に戻ったガストが、ガニメデの残骸から抜け出す。

しかし、それを逃すバーンガーンと瞬兵ではない。

逃げ出そうとするガストの前に、仁王立ちになる。

たとえ意識体であっても、今のバーンガーンならば捕えることができる。

「逃がさんぞ、ガスト！」

「ぐ、ぐぬぬ……！」

今や人間ほどの大きさになったガストが逃げられないのは明白だった。

が、その時である。

一陣の赤い風が舞って、バーンガーンの巨体を弾き飛ばした。

「なにっ…………⁉」

「ギルティ⁉」

そう叫んだのは、ガストだった。

ガストの肉体は、全高10メートルほど、巨大化した時のバーンとほぼ同じサイズの赤いロボットの手の中に収まっていた。

「ガストはオレがもらっていく」

赤いロボットが、口を開いた。

有無を言わさぬ迫力があった。

「悪く思うな」

次の瞬間、風が竜巻になったかと思うと、赤いロボットの姿は消えていた。視界からだけではない。バーンガーンのセンサーからもである。この場から超高速で飛び去ったことを、残されたデータは示唆していた。

＊　＊　＊

「逃がしちゃったね」

瞬兵は少しだけ残念だった。

追い返すことはできたけれど、またあのガストというヤツが悪事を働くことはわかっていたからだ。残念ながら、反省させて改心させるところまでは行かなかったようだから。

「そうだな。あの赤いロボットは気になる……が」

バーンガーンの言葉は、バーンブレスを通して聞こえていた。

その言葉のひとつひとつは、優しかった。

「下を見てごらん、瞬兵」

「下……？」

バーンガーンの足下には、たくさんの人がいた。

菜々子がいた。大地がいた。母がいた。父がいた。

たくさんの人々が、バーンガーンに自分たち、そして自分たちの大切な人々が救われたことを確信し、口々に感謝の言葉を述べていた。

「君の……いや、私たちの勇気が守ったんだ」

「ボクたちが、守った……」

瞬兵はとても嬉しかった。

そして、誇らしかった。

そうだ。

ナイトメアが何度攻めて来たとしても、自分とバーンガーンなら、何度だってやっつけてやる。

それが、自分にしかできないことなら——！

第五話
『誕生、VARS』

そこはどこでもあって、どこでもない空間であった。

時が時として流れることがなく、場所が場所として有ることをせず、ただ想念の中、悪夢を夢見る人の心の中にしか存在し得ぬ、そんな場所である。

光源はいずこにあるのか判然とせず、いかなる幾何学でも記述しえぬ奇っ怪な列柱の落とす影はときおり不気味に蠢き、吹きすぎる風ですらあたかも人ならざるものの叫びのように聞こえた。

広間にはまるで果てがないように見え、地平線よりも遠い彼方にただ闇が広がっているだけであった。

その中央にそびえる漆黒の玉座は、世界すべてに対して捧げられた墓標とも、空間そのものに広がった汚点のようにも見えた。

「失敗に終わったか……」

広間に、〝声〟が響いた。

大気を震わせる音声ではない。

想念である。

人を呪い、世を呪う想念が、空間を圧し、〝声〟として聞こえたのだ。

玉座に、大きな〝モノ〟が座っていた。

〝モノ〟から発せられる声は、ビリビリと辺りに響き渡った。

その場に響き渡る、低く重い、苛立ちを湛えたその声は、目の前で膝をつく三人の人物をこわばらせた。

「はっ……」

漆黒の、マントを纏い、まるでバンパイアのような姿の男、頭に片方の目だけにかかるようにズレたリングを被っている。

その奥にあるであろう眼と、リングの端に目のように象られた文様が、何とも言えない怪しい光を放つ。

三者の眼前、玉座の前には、合体したバーンガーンの勇姿が立体映像として映し出されている。

〈ガニメデ〉型のロボットを叩き潰し、追い詰めていく蒼いロボット。

それが映像を見るものたちにとって不都合であることは言うまでもない。

大いなる怨敵、アスタルの眷族である聖勇者が、形をとって降臨したということだ。

「勇気を司る聖勇者、バーン」

もう一つの影が、声を上げた。

片翼の黒天使……女性型のその影は、大人の女性にも、子どもにも見える。

その眼は光鋭く、バーンガーンを睨みつけている。

「ここ、今回は小手調べなんだな」

三番目の影は他の二人とは明らかに違った。

体は全身緑色、半裸に見えた。

先ほどの天使の羽とは真逆の悪魔のような翼が生えており、耳の辺りにも爬虫類のそれに似た襟巻のようなパールがついていた。

何より、他の二人と異彩を放っていたのは、その首には、別の長い首が巻き付いていることであった。獣のように大きく広がった口、そこから覗く牙が、このモノの醜悪さを体現していた。

バーンガーンに敗れ去った存在、ガストである。

意識体である彼の存在は散って、主であるグランダークの元へと帰還していた。

「次は負けないいんだな」

不満そうに、ぎょろぎょろと辺りを見回しながら、くぐもった声で不満を漏らす。

それが弁解であることは明らかだったが、漆黒の男も、黒天使も何かを言おうとはしなかった。

玉座の主が満足していないことは明らかであったからだ。

ややあって、玉座の主が〝口〟を開いた。

「……もうよい。カルラ、ガスト、お前たちは下がれ」

カルラ、と呼ばれた黒い天使は不服そうに、玉座の主、すなわち彼らの王であるグランダークへと歩を進めた。

「グランダーク様……?」

だが、その前に立ちはだかる影があった。

マントの男である。

「グランダーク様が下がれとおっしゃっている」

「ギルティ!」

黒い天使の視線と、漆黒の男の視線が交錯した。

互いに認め合っていないことは明らかである。

彼らは知性体の悪しき想念であるが故に、相互に理解し合えることがあるとすれば、互いへの侮蔑と怨念だけであった。

「わかったわよ！」

カルラは踵を返し、広間への出口へと歩き出した。

数歩歩いて、緑色のおぞましい怪物へと声をかける。

「行くよ、ガスト！」

「あいあい」

ガストはベタベタと不快な音を立てて、彼女とともに退室していった。

広間に残されたのは、ギルティのみである。

「…………」

何事かの沈黙を持って、黒衣の男はグランダークをただ見つめていた。

＊　＊　＊

寒々とした回廊に、熱のない炎が灯る。

そこを歩くガストとカルラは、不快さを共有していた。互いに対する不快さよりも、今ひとり、ここにいない黒い男への憎悪が、ふたりを結びつけていた。

「……今まで、グランダーク様の側にはセルツがいた。そのセルツがいなくなったと思ったら、あいつが現れた」

ガストはブチブチと、みずからの不満を垂れ流していた。

「まったく、めざわりな奴ばっかりだ」

「セルツ様がいなくなって、ギルティが現れた……?」

「あいつ、気にくわないんだな。やっぱり、オレ様が出撃するしかないんだな」

カルラは怒りの形相でガストを見やった。

「お待ち！　セルツ様の留守に、勝手なことをするんじゃないよ」

が、ガストはカルラの言葉など聞くつもりはないようだった。このおぞましい緑色の怪物にとっては、雪辱のみがすべてなのだ。

「いない奴のことなんか、関係ないんだな」

「何だって⁉」

「あの新入りにデカイ顔されるのイヤなんだな。だから、オレ様、頑張ってエラクなるんだもんね」

空間が歪み、ガストの貼り付いたような笑みと一体化して、溶けた。

わずかな腐臭を残して、ガストの気配が消える。

この宮殿を去って、地球へと向かったものであろう。

「セルツ様はアスタルの本体を直接討ちに行ったと聞いている……そのセルツ様が戻られぬまま、現われたアイツ——ギルティは何者なのだ……？」

考え込みながら、カルラもまた周囲の闇に溶けるように消えていった。

＊　＊　＊

それから一ヶ月ほどの時が流れた。

ナイトメアの攻撃は散発的に四度ほど行なわれたが、そのいずれもがバーンを打ち倒すことは叶わず、撃退された。

幸いにして海浜市への被害は最小限に留められていた。

瞬兵とバーンの奮闘の結果である。

だが、瞬兵には気がかりなことがあった。

報道の中で、怪ロボットと戦う蒼いロボット、すなわちバーンのことを、侵略者ではないか、という論調が増えつつあったことである。

無論、バーンに守られた人々はそのようなことがないことはわかっている。

だが、報道の映像だけを見た人々にとっては、バーンもまた得体の知れない、異界から現われた何かなのだ。

あの蒼いロボットは何か？

防衛隊はなぜ適正な反撃が出来ないのか？

ワイドショーはそれを非難する声でいっぱいで、国会中継も要領を得なかった。

（……………）

もちろん、瞬兵は真実を知っている。

大声でバーンが人間の味方なのだ、と訴えたい。

だが、それをすれば、瞬兵とバーンの関係性を明らかにせねばならず、そんなことをしたらマスコミが家に押しかけ、メチャクチャなことになってしまうことは間違いない。

「いや、それだけではない」

バーンは瞬兵に念を押した。

「私と瞬兵の関係は、ナイトメアに悟られていない。だが、瞬兵のことがナイトメアに漏れれば、彼らは瞬兵やその家族を狙ってくるだろう。正体は明かすべきではないんだ」

バーンの言葉は、もっともだった。

(だけど、このままバーンとボクだけで戦っていくことができるんだろうか?)

瞬兵の不安はふくらんで、消えることがなかった。

＊　＊　＊

崩壊した海浜ドームは完全に封鎖され、無惨な姿を晒していた。

その壁の側に、ふたりの青年がもたれかかっていた。

「そろそろやな」

「そうですね」

「まさか、こんなケッタイなことにいっちょかみするとは思わなんだわ」

「逃げてもいいって、愛美さんは言ってましたよ」

「あほ、誰が逃げるかいな、こんなオモろいこと」

関西弁の青年は口にしていた缶コーヒーを飲み干すと、器用に崩れたゴミ箱の中にシュートした。

空き缶がゴミ箱で転がるカラカラという音が収まるのと、夕陽を背負うようにして、黒髪の美女がその場に現われたのは同時であった。

芹沢愛美である。

このふたりの青年――関西弁の逢坂まさるとおっとりした守山さとるのふたりは、いずれも愛美の直属の部下である。

「やっと来おったな、姉御！　待っとったで」

「早かったね、二人とも、ずいぶん勘がいいじゃない？」

愛美の笑いはいつものように不敵だった。

「ああ、わいらが一番乗りや。アネゴが前に言ってた例のアレやろ？」

「まさるさん、シーッ♡」

「ひろみお嬢⁉」

ドームの影から現われたのは、パステルカラーのミニ・スカートを履いた椎名ひろみだった。

どうやら、彼らふたりが一番乗りというわけではなかったらしい。

「その件はナイショのナイショです！」

「流石ね、ひろみ」

微笑む愛美の腕に、ひろみが抱きついた。

「そろそろ、お呼びコールがかかる頃だと思ってました」

「ふふ。じゃあ、行きましょうか」

「はいっ！」

三人を女王のように従え、愛美は封鎖されたはずの海浜ドームへと入っていった。

＊　＊　＊

その四人を見ている影があった。

トレンチコートの中年男である。

一見して不審者にしか見えぬ、さりとてあまりにも典型的な不審者でありすぎ、しかしながら不審者としか形容のしようがない、そのような男であった。

強いて言えば、ドラマの中の探偵に似ている、と言えなくもない。

「私は〜、ひ・み・つ、ひみつたんてい〜!!」

男、ひみつ探偵と名乗ったその男はスキップを踏みながら、隠れていたガレキの影から姿を現わした。

他に誰がいるわけでもない。

まるで虚空にカメラでも存在しているかのように、男は、踊っていた。

「犯人の特徴、その1! 犯人は、必ず現場へ戻ってくる! だから私は、ずーーーっとここで待っていた」

ひみつ探偵は、愛美たちの消えたほうを指差した。

「すると、奴らが現れた」

クルッと回って、奇妙なポーズを取る。

「つ・ま・り、奴らがドームを壊した悪い奴らなのだ～!!」

そこまで喋って満足したのか、我に返ったらしい男は、ドームの中へと滑り込んでいく。

「おっと、こうしちゃおれん。早く奴らを追わなくては!!」

だが、海浜ドームの中はがらんとして、完全に無人であった。

「な、なんで誰もいないんだ⁉　あの四人組は、どこへ……⁉」

しばし、ひみつ探偵は周囲をうろつき回り、虫眼鏡を取り出して推理の真似事のようなことをしていたが、やがて、彼なりの結論に至った。

「確信したぞ！　やっぱり、奴らは悪の秘密結社に違いない！　コソコソと消えてしまったのが、何よりの証拠！　あの背の高い女が親玉だな。このひみつ探偵が、必ずシッポをつかんでやる!!

待っていろよ、悪党ども！　ナハハハハハ……！」

男の高笑いだけが、無人のドームに響き渡った。

＊　＊　＊

ひみつ探偵が四人の姿を捉えられなかったのも無理はない。

愛美たちは極秘裏に作られていたエレベーターで、ドームの地下へと向かっていた。

すでに、エレベーターの表示は本来のものを通り越し、さらに下の階へと向かっている。

愛美以外の三人は、それぞれに緊張の表情を浮かべていた。

一ヶ月前、このドームにバーンと怪ロボットが降り立った時から、彼らの現実は崩壊していたが、それでも、これから始まろうとしていることは、彼らの想像の外にあった。

「SPフロア解放して！　ヴァルス、生体認証！」

愛美の顔を捉えたカメラと、声を聞き届けたセンサーが、エレベーターの扉を開く。

「まさかこの日がホンマに来るとは」

まさるは武者震いを隠すように、大きな声を張り上げた。

「浮かれないでよ。遊びじゃないんだから」

愛美自身の声にも、緊張の色があった。

エレベーターの扉が開ききる。

そこにあったのはいくつものモニターと椅子、宇宙船の管制室にも似たオペレータールームだった。

そのシートに座していた男が、ゆっくりと立ちあがる。

「ああ……ここにも浮かれた人が……」

愛美は天を仰いだ。

その男に、見覚えがあったからだ。

「これが浮かれずにいられようか！　キタねぇ！　ついにこの時が！」

現れた男は、年のころなら六十前後。高級なスーツを身に纏い、部屋を一望して、愛美に礼をした。

「……パパ？」

ひろみがぽかん、とした声をあげた。

そう、誰あろう、椎名ひろみの父親、C-Naゼネラルカンパニー CEO 椎名長介である。

「お早いお着きで…って、ココには CEO の席ありませんけど？」

「ウッソ⁉　じゃあ作ってよ、オレスポンサーなんだからさ？」

「コンプライアンスというものがあります」

愛美の言葉は、にべもなかった。

「……まぁいいや」

それを気にする風もなく、CEOは不敵な笑顔で愛美の横に付く。

「やーーっと重い腰上げてくれた…って理解でいいんだよね？　芹沢隊長？」

愛美はうつむいて聞いていたが、頭を二、三回、くしゃくしゃと掻くと、長介に向き直った。

「本意じゃないですが。ドームを攻撃してきたロボットは明らかに敵。誰かに任せるくらいなら、私がやります」

「エクセレント！　では、正式発令だ！」

長介は芝居がかったポーズを取った。ひろみが少し恥ずかしそうにしているが、それについては気にした風もない。

「C-NaゼネラルカンパニーValiant Robot System開発室は、本日付で活動を休止。開発室構成員は、その任を解く！　あわせて、コードネーム〝Variable Attack&Resque Staff〟発動！　いまここに、私設地球防衛組織VARS《ヴァルス》を開設・発動する‼」

「……拝命します」

おどけたやりとりながらも、愛美と長介の間には、緊張感があった。

無理もない。

これまで長介は愛美の作ったＶＡＲＳに搭載された技術に注目し、その技術がＣ－Ｎａゼネラルカンパニーの防衛産業進出への切り札になると考えていた。

日本の国防だけではない。

ＶＡＲＳの超ＡＩ技術は、アメリカを始めとする諸外国に売り出せるだけの出来であることは間違いないのだ。

愛美のその技術を囲い込むために、愛美を研究所から引き抜き、愛美の望むＶＡＲＳ開発室を立ち上げ、玩具展開も容認してきた。そのおもちゃがこんなにヒットするとは思っていなかったが……。

「相羽くんの事故は残念だった。だが……あの事件をきっかけに、地球防衛を志したことは理解して欲しい」

「それは、わかります」

相羽……相羽真人は愛美の恋人で、宇宙飛行士だった。

それが、謎の事故で有人飛行中に死んだ時に、愛美と長介は、何らかの超自然的な脅威が地球を狙っていることを認識したのである。

だから、ナイトメアが襲撃をかけてきたとき、両者が考えたのは「やはり」であって「まさか」ではなかった。

予期されたことだったのである。

無論——

C-Naゼネラルカンパニーが私設地球防衛組織などというものを用意していたのは、単なる金持ちのボランティア精神ではない。いわば、私設軍として、防衛産業進出の足がかりにしようというものである。だからこそ愛美もこれまでは、人間同士の戦争に使われることを嫌って、協力を拒否してきた。

そういう間柄である。

恋人の仇を取る、という情念を、戦争に利用されることは、避けなければならない。愛美の理性はそのように訴えていた。

　だが、情勢は変わってしまった。

「で、そろそろ教えて欲しいんだが。あのデケェ蒼いＶＡＲＳ……あれはいつの間に作ったんだ？」

「あれはＶＡＲＳではありません」

「え？　どうみたって、大きさはともかく、形はＶＡＲＳでしょ？　オレはてっきり芹沢が内緒で作ってたんじゃないかと」

「あんなデカいのナイショでつくれませんよ」

　ため息をついて、愛美はデスクに座り、形のよい足を組んだ。

「ただ、味方であることは確かです」

「え⁉　知り合いなの？」

「まぁ、そんな感じ？　彼をサポートするのがＶＡＲＳです。そう理解したから、ＣＥＯの提案に乗るつもりにもなりました」

「彼？……」

「そう、彼は私の弟のＶＡＲＳの体を借りて、あのロボットと戦いました。そして、敵はこれからも地球を襲ってきます。より大規模に」

「なるほどネ……」

長介は形のよいアゴを撫でた。

全面的に納得している様子ではなかったが、愛美の言葉を疑っているわけでもないようだった。

「ＶＡＲＳは彼を助けるために機能する組織です。戦争するための組織ではありません」

長介は、いつになく真剣な愛美の眼差しに、笑顔を返した。

「……オーケー、いいだろう、だが、戦闘データをＶＡＲＳの超ＡＩにフィードバックさせることは忘れないでくれよな、ウチも慈善事業じゃないからな？」

含み笑顔で長介は愛美にささやきかけた。

「戦争の道具を作る気はありませんが、後で商売になるようにはするので、ご心配なく」

「よろしい！　では、あとはよろしく！　ヒロミちゃ～ん！　パパ帰るねぇ～！」

長介は後ろ手に手を振って去って行った。

（ま―た、悪いこと考えてんなぁ、あのオッサン……）

愛美は長介を全面的に信頼しているわけではない。

それは互いに同じである。C−Naの資金がなければ愛美の思惑は達成されず、愛美の技術力なくしてC−Naの繁栄もない。

そのシーソーゲームをコントロールしながら、瞬兵を援護するしかない。

それがこの一ヶ月、VARSという組織の立ち上げを準備しながら、愛美が考えていたことである。政治やマスコミを動かすことができなければ、いずれバーンは宇宙人だか異次元人だかとして処分されてしまうだろう。

「さて……」

愛美はまずは目の前の三人、すなわちVARS隊員たちに、バーンと瞬兵の物語を伝える決意をした。

この三人なら、理解してくれるはずである。すべてはそこから始まるのだ。

スタッフをかき集め、資金を運用し、バーンとガーンダッシャーを解析してその支援システムを構築し……考えねばならないことは山ほどあったが、小学生の身でありながら、全人類の運命を背負うことになってしまった弟に比べれば、羽毛のような軽さである。

「私たちＶＡＲＳはこれから、宇宙意識体・聖勇者バーンとともに、地球を防衛するための戦いに身を投じます！」

愛美は高らかにそう宣言した。

＊＊＊

そうして。

瞬兵が再建中の海浜ドームに呼び出されたのは、それから数日後の放課後であった。

布に取り囲まれた海浜ドームにはたくさんの見たことのない機械が運び込まれ、無数の人々が忙しそうに立ち働いている。

「こっちよ！」

出迎えに来たひろみに手を引かれるようにして、瞬兵は地下へと続くエレベーターに乗り込んだ。

「え……!?」

そこに広がっていたのは、驚くほど広大な空間だった。

格納庫、である。

そこでは巨大化したバーンに近いサイズの、動物型のロボットが今しも急ピッチで組み立てを進められているところであった。

「これ、いったい……」

「ようこそ、防衛組織ＶＡＲＳへ」

出迎えたのは、腕組みをした姉と、まさる、さとるのふたりのエンジニアである。

「いわゆる、秘密基地ってやつね」

「秘密基地……!?」

「そしてこのロボットたちは、バーン、あなたの仲間よ」

「私の!?」

ポケットの中のバーンが、驚きの声をあげた。

「そう！　あなたを援護する仲間」

「愛美さんはね、さらに凶悪な敵襲に備えるため、きみをサポートするロボットの開発に着手したんだ」

　バーンを興味深そうに見ながら、さとるがそう告げた。

「バーンの話を聞いて考えたの。アナタをサポートする力が必要だって」

「……」

「敵の力は強大よ。この先、ますます戦況は苦しくなるわ。毎回無傷で終わるとは限らない。そのためにはバックアップチームが必要だわ」

「メンテナンスはもちろん、パワーアップの準備をしておくんや。転ばぬ先の杖ってヤツやな」

「ＶＡＲＳのシステムを通じて、バーンとガーンダッシャーの技術は解析させてもらったわ。それをフィードバックして、超ＡＩ搭載タイプの支援用ロボット兵器を開発したの……まあ、プロトタイプはＣ-Ｎａが防衛軍に納入しようとしてやつなんだけど、そこはチョイチョイ、とね」

「もうひとりで戦わなくていいってことだよ」

　愛美のそばで、ひろみが微笑んだ。

「し、しかし……君たち地球人を危険にさらすわけには」

「ひとりで何でもできるなんて、思っちゃダメよ。そんなに世の中、甘くないんだから」

ひろみは子どもにそうするように、バーンをつん、とついてたしなめた。

「せや。それにこれは、ワイらの星の運命がかかっとるんやで。ワイらかて命はらなしゃあないやんか」

「……わかった、ありがとう」

「……でも、みんなでバックアップなんて、本当に大丈夫なの？」

瞬兵はまだ、目の前で起きていることが信じられなかった。秘密基地？　防衛組織？

「瞬兵？　あんた姉ちゃんのこと信用できないの？」

「そういうわけじゃ……」

まさるが瞬兵の肩を抱くようにして、微笑んだ。

「ボン、ええか？　バーンのボディは、ボンのVARSが基礎となっとるんや。つまり……」

「……VARSの開発者であるお姉ちゃんたち以外に、バーンのサポートはできない？」

「ちょっとオーバーかもしれないけど、まぁ……そういうことだよ」

さとるもそう言い添えてくれた。

「警察や防衛隊にもパパの会社を通して話はしてあるわ。これからは、もっと自由に戦えると思うわよ」

「メンテナンスは、可能だけど、サポートメカの調整と完成は、まだ先になるわ。それまでは、私たちが全力でバックアップする。だからよろしくね、瞬兵、バーン」

（そうか）

瞬兵の心に、安堵の光が灯った。

（もう、ひとりで戦わなくていいんだ……！）

それはとても、とてもうれしいことだった。

第六話
『少年たち』

少し、前のことである。

海浜ドーム駅は最近作られた駅だけあって、きらきらと輝くガラスの天井から差し込んでくる光がなんとも美しい。といって、まぶしいばかりでどこに何があるかわからないということもなく、使いやすくまとまった駅である。

通勤客、観光客、通学の子どもたち……。

たくさんの人々が行き交い、色とりどりの輝きを見せている。

が、その昼下がりの喧噪の中で、ひとり、際だって浮かび上がる少年がいた。

淡い光の中で、その少年はあたかも光輝そのものから削り出したような、整った顔立ちをしていた。何人か、タレントだろうか、と振り返る人すらもいる。が、本人はその美しさにさほどの価値を認めていないらしく、あくまでも自然体である。そこが、また良かった。

少年の名を、坂下洋という。

「ヒロ！　ごめん……待った？」

「ん……ちょっと」

芹沢瞬兵の呼びかけに、少年はゆっくりと顔をあげて応えた。

その仕草さえも、絵になっている。一挙手一投足に、なんともいえぬ優雅さがあるのだ。単なる訓練では身につかぬ、天性のものである。

「今日のチコクの言い訳は？　言ってみ？」

涼やかに微笑みながら、その美少年は、自分と比べて背丈が小さめの少年の肩に腕を回した。

「イヤァ～。今日も姉ちゃんが朝からうるさくってぇ～。なかなか出かけらんなかったんよ」

「へぇ？　愛美さんが？」

人込みの中に溶け込んでいく二人の手には、道具箱のようなケースが握られ、入場券のようなネックストラップがつけられていた。

〝VAriable Robot System〟、通称〝VARS《ヴァルス》〟は子どもたちにとってスマホ同様のパートナーAIナビロボットである。更に、VARSは子どもたちのパートナー、通信機器であると同時に、玩具でもあった。

子どもたちは自分でカスタマイズしたVARSを、ゲームセンターやショッピングモールなどに設置されたシミュレーターを使って、戦わせることができる。VARSのパーツは一般のオモチャ屋で売っており、細かいセッティングパーツや装甲の組み替えで、自分だけのロボットを作ることが可能なため、『究極のロボットゲーム』として人気を博していた。

そして、瞬兵の姉である芹澤愛美は『VARS』の生みの親であった。

今日はその全国大会当日である。駅のあちこちに、彼ら同様VARSの箱を持った子どもやその保護者の姿が見える。

「そー、大会の日はいつもうっさいんだ、今日もセッティング間違えてる！　だの、今日のフィールドにはこの装備は合わない！　だの…」

辟易した表情で瞬兵は肩を落とした。

愛美は大会関係者なので、本当は出場者である瞬兵にそんなことを言ってはいけない立場なのだが、放っておけなかったのであろう。

「で、まさか、セッティング換えたんじゃないだろーな？」

「まっさか！　それじゃズルじゃん！　それに、今日はヒロとの勝負に決着つけるんだ！　ズルしたっていわれたくないからネ！」

瞬兵はにっこり笑って、洋に手を差し出した。

「9勝10敗2引き分け、今日こそ決着つけよう！　ヒロ！」

――瞬兵の笑顔には、不思議な力がある。

洋は、瞬兵に対してそんな印象を持っていた。

＊　＊　＊

洋は、人付き合いの上手い方ではない。むしろ、自ら交流を求めないタイプの人間だと思っていた。

洋には兄弟姉妹はいない。両親は洋が生まれてすぐに離婚、父は行方知れずになり、引き取ってくれた母はすぐに病死した。

唯一の家族は母方の祖母のみである。彼女は自分の娘の残した洋を大切に育てた。

物心がついた時に自分に親がいないことに気が付いて、洋は自分の両親を恨んだ。

だが、親がいないからと言って、自分を育ててくれている祖母がいる。

祖母は洋に親がいない分、有り余るほどの愛情を注いでくれた。

洋は自分の「現状」を受け入れた。自分にとって、親がいないことは「普通」なのだ。

だから、そんな達観した小学生の洋は、人混みが苦手、人と話すのが苦手な子どもに育った。

学校のクラスメイトと話すことはあまりなく、親がいないという家庭環境も相まって、近寄りがたい雰囲気を醸し出していた。

いわゆるコミュ障、という陰口をたたく者もあったが、それを否定するつもりにもなれなかった。詮索されたり、お仕着せのやさしさを受けたくない、煩わしいと思っていたので、そういう雰囲気で見られることはかえって好都合なのだとすら、思っていた。

けれど。その都合のいい状態をぶち壊して、乗り込んできたのが芹沢瞬兵だった。

瞬兵との出会いは、二年前のこと。

四年生に進級した春だった。

普通に同じクラスになって、席が近くて、大きな瞳で周囲に話しかける瞬兵が、洋にも声をかけた。

「ボク、芹沢瞬兵！　坂下くん、かーーっこいいよねぇ……！　よろしくネ‼」

（――なんだ……コイツ？）

洋は、こういう何にも考えず懐に飛び込んでくるようなヤツは好きじゃないはずだった。が、目の前で目を線にして、くしゃくしゃの笑顔を見せるちびっこに、不覚にも懐への侵入を許してしまったのだ。

犬っぽい、とでも言おうか。「ボクのことを拒むなんてしーんじらーんなーーい！」とでも言いそうな、笑顔だ。

決して厚かましいとか、そういう意味ではない。愛されて育ち、愛されることに疑問を持たず、人への信頼をさらけ出すことにためらいのない、そんな笑顔である。

（――この感覚はナンだろう？）

考えてもわからない感じ、しかし、なぜかイヤな感じがしない。と同時に、そう思ってしまう自分らしくない自分に驚く。

（――コイツ、苦手かも……）

初対面の時はそう思ったが、あれから二年、六年生のクラス替えでも、瞬兵は同じクラスになった。

そして今日も瞬兵は、今日もあの時と同じ笑顔で目の前にいる。

＊　＊　＊

「だからさぁ！　予選で落ちないでよ～！　……洋？　聞いてる？」

またあの子犬のような目で、瞬兵が上目遣いに洋の瞳を覗き込んだ。これだ。この笑顔がくせ者なのだ。

「あぁ……！　……って、オマエこそ、予選落ちして泣かないようにな」

洋は瞬兵の差し出した手を握り返すと、会場へ向かって歩き出した。

＊　＊　＊

会場は駅よりもひどい混雑で、参加者の数は、会場の収容人数キャパシティをはるかに越えているかに見えた。

受付ブースには長蛇の列ができ、それは抽選会場にまで伸びている。

「ふぁ～っ、あいかわらずスゴイ人……」

会場に入るなり、洋は人の列と熱気に体感温度が上がるのを感じた。

「でも、よかったね。ボクたちシードだから、抽選並ばなくていいし……」

大会の受付ゲートを通り、ＶＡＲＳのレギュレーションチェックブース、割り振られた対戦会場に流れていく。

「ヒロ！　じゃあ、本戦でねぇ〜！」

別ブロックの瞬兵は、洋に手を振って、自分のブロックに向かっていった。

洋は握りしめた自分のＶＡＲＳを見て、我知らず苦笑いを浮かべた。

（全国大会、か――なんか、アイツに流されて始めたけど、オレらしくないな……）

少し前まで洋は、ＶＡＲＳをナビロボ、通信機器としてしか使っていなかった。そんな洋を大会に誘ったのは、もちろん瞬兵だ。

「ぜーーったい！　やった方がいいよ！　ヒロは運動神経いいんだし、ＶＡＲＳもチョ〜カッコいいじゃん！」

そんな言葉だけで、自分がここまでＶＡＲＳ競技にのめり込むとは思っていなかった。

ＶＡＲＳは奥が深い。金をかければいいパーツは手に入るが、それだけでは勝てない。

日ごろは人間をサポートするナビロボットのＶＡＲＳは、ゲームの中では自分のメンタルとリンクするパートナーとなる。

以前、瞬兵の姉が洋に教えてくれた。

「ナビロボの時のＶＡＲＳと、ゲームロボの時のＶＡＲＳは、全然ベツモノ。ナビロボはただの端末だけど、ゲームロボの時は、ＶＡＲＳのメインＯＳである超Ａ１シナプスが全開！学習するだけじゃなくて、考えるＡＩが動き出すの」

熱っぽく語るその横顔は瞬兵そっくりで、洋はこの二人は似たもの姉弟だと痛感したものである。

洋はそんな芹沢姉弟の姿を微笑ましく見ていた……と同時に、その姿を見るたびに「自分にはない」「ウラヤマシイ」という相反する気持ちもわいてきているのが分かった。

（自分は、こうはなれない。こんなふうに屈託なく笑えない）

祖母が自分を愛していてくれることはわかっている。

けれどどこかで、洋のことをいたわる余りに、遠ざけるような表情をすることがある。わかっている。祖母だって、接し方に悩んでいるのだ。

（おばあちゃんに対して自分はあんな風に笑顔を向けられない。どこかで、他人だと思っている。おばあちゃんだけじゃない。瞬兵に対してもそうだ。あんなふうには、なれない）

洋の心のどこかには、そんな澱のような感情があった。

それは怒りでも悲しみでもない。どうしようもない、羨みである。

自分が持っていないものを持っている友を評価し、愛するが故に、その羨望の念はどんよりとした塊になって、魂の奥底に沈殿していくのだ。

瞬兵の笑顔に触れれば触れるほど、自分の中で湧き出てくる嫌いな自分を洋は受け入れられないでいた。

鏡面処理をしたドームの壁に、醜く歪んだ洋の横顔が映っていた。

自分を羨望と妬みが支配しているのが、よくわかる。

「予選Ｂブロック出場者はこちらへ！」

大会アナウンスが流れる。

「！　クソッ！」

洋は、我に返ると受付に向かった。

＊　＊　＊

——無論。

それらのことは、少年なら誰でも抱く、ほんのささやかな悩みである。

誰でも、人が持たないものを羨み、妬むことはある。

だが。

それだけのこと、としてすまされなかったのは、その日海浜ドームに落ちてきた、あの禍々しい流星の導きによるものだ——

＊　＊　＊

そして、現在。

新設されたＶＡＲＳ基地で、モニターを前にした愛美は目を剥いていた。

「まさる、どーゆーことよ？　コレ？」

関西弁のオペレーター、天然パーマの逢坂まさるは肩を小さくすくめて見せた。

「ご覧のトーリ、バーンはシーナ製ＶＢ‐３型のバトルナビロボ。ガーンダッシャーは、メーカー不詳のオリジナルデザインやけど、中身は普通のトレーラーですわ」

「トレーラーって……」

ガーンダッシャーが何度も虚空から出現し、巨大なバーンガーンの機体を構成するよう変形しているのは、愛美たちも見ていた。そのシステムがガーンダッシャー内部に存在しない？

「合体機構とか、龍の頭とか、ロボヘッドは？　拳とか足首とか、油圧シリンダーとかは？」

「なーんも、あらしまへん」

「なんと……」

バーンが自律活動して巨大化するだけでも驚くべきことだったが、ガーンダッシャーのそれはそもそもハードウェアという概念に対する挑戦だった。いや、バーンの言う通り、彼らが神や精霊に近い存在だとするならば、カミサマのようなものが、たまたま我々に理解できる機械の形を取っているだけ、と言えるのかもしれなかった。

「エンジニアにとっては悪夢みたいなもんね……」

「……逆に燃える！」

普段弱気な守山さとるは目を輝かせた。

「さとるぅ！　それじゃメンテでけへんやろが！」

「ヒィ！」

「直接本人に聞くしかないわね」

愛美はマイクのスイッチを入れた。

「バーン、聞こえる？」

メンテナンスキットの上で寝ていたバーンは、驚くほどなめらかにその瞳と口を動かして答えてみせた。

「愛美か？　聞こえている」

いまはＶＡＲＳの状態なので、全長15ｃｍほどだ。ＶＡＲＳのバーンは強化プラスチックなのに、全長10ｍの巨大ロボットになると敵の攻撃を受けても壊れない硬度を持つのだ。ガーンダッシャーも、トレーラーの状態では普通の車だ。

常識で考えてあり得ることではない。ただのおもちゃに過ぎないバーンを巨大化させ、その構成材質はおろか内部構造まで変化させるエネルギー源――バーンの言葉を信じるなら、それは瞬兵の勇気、ということになる。

「ネ……聞いてたでしょ？　どうやって、バーンとガーンダッシャーは合体しているの？」

「もちろん、瞬兵の勇気だ。勇気が私たちを支えてくれる」

「そういうことを聞いてるんじゃなくて、メカニズムの話をしているの。バーンにもガーンダッシャーにも、合体機構のようなものは見つけられないわ。それなのに、どうやって？」

「……難しい問いかけだな」

バーンは少し悩んだ顔をした。

「正確かどうかはわからないが、キミが朝起きて目ざめ、台所で一杯の水を飲むとする……その時キミの体の中でどう筋肉や骨が動いているか、キミは理解しているか、愛美？」

「……してないわね」

確かにそうだ。

有機生命体である自分たちは、自分の体がどう動いているか厳密に生理学的な理解を行わなくても歩けるし、水の入ったコップを手にすることもできる。

だとすれば、情報生命体であるバーンもまた、自分の身体がどのように構成されているかを理解しないまま、勇気とやらの導きによって、自身とガーンダッシャーを自在に操ることができるのだろう。

（第一ブレイクスルーを迎えたAIはディープラーニングによって自己の内部に取り込んだ情報ひとつひとつを理解せず、必要な結果だけを取り出すことができる……理論上の存在だったものが、今、私の目の前にいる……）

「私たち人間の言葉で言うなら、無意識のうちにやっている、ということね」

「そう考えてもらっていい。すべての聖勇者が揃えば、もっと別の知見も提供できるだろうが……」

「配られたカードで勝負するしかないっていうものね。それは、仕方ないわ」

愛美は形のよい長い足を組んで、しばし考えた。

バーンとガーンダッシャーが合体してバーンガーンになる、というよりも、バーンガーン、という合体後の理想型に合わせて召喚されたガーンダッシャーが必要な形質を獲得し、これに変形・合体しているというほうが現実に近い。いわばあの合体シーケンスは後付けの演出、テクスチャーのようなものなのだ。結果に合わせて原因が出現しているのである。まさに因果すら操る、神々の力だ。

「姉ちゃん、バーンは?」

遅れてコントロール・ルームに入って来た瞬兵が素っ頓狂な叫び声をあげた。

「あーーー! ちょっと、バーンのパーツ替えちゃダメだよ! ボクのセッティングなんだからね!」

「瞬兵くん、でも、バーンはもうただのVARSじゃないから」

「でもさとるさん、やっぱりバーンは……」

「さとる、バーンはこのままでいいよ。基本のメンテは瞬兵に任せましょ」

「いいんですか?」

「バーンの口ぶりじゃ、戦闘時の基本的なアクションデータはVARSのものを参照してることになるわ。超AIシナプスOSを使って、シュンの意志を適宜参照してる……たぶん、VARSと融合したときにそういうシステムが構築されたのね」

「なるほど、ちゅうことはボンがＶＡＲＳとして使いやすいようにカスタマイズしてあるのがバーンにとっても一番っちゅうことか」

「ってことは、これまでといっしょでいいの？」

「ええ、ただし、チップ関連は定期的にさとるにみてもらって。ソフトはともかく、ハードにどういう負荷がかかるかは未知数だから」

「オッケー♪」

瞬兵はコントロールルームを後にした。バーンのところに行くらしい。

「愛美さん、大丈夫ですか？」

さとるが心配そうな顔で、出ていく瞬兵を見送った。

「バーンは任せておいていいと思うわ……問題はガーンダッシャーね。あれのメンテそのものは大丈夫そう？」

「まぁ、中身は普通のカーゴトレーラーですから。たとえば外装も一般的なステンレスですけど、軍用の複合装甲材に変更したり、あるいはチタン系の合金に取り替えるようなことはできると思います」

「……問題はそれに意味があるのかどうかね。どうなの？　バーン」

「先ほども言った通りだ。あくまでガーンダッシャーは私のイメージがこの星の乗り物を映したものにすぎない。合体後にはバーンガーンの機体を構成する素材へと変化する」

「つまり、どんなにガーンダッシャーをいじっても、合体後には意味がないわけね……まあ、それはそうか」

「やめときます？」

「やってみましょう。合体前にガーンダッシャーを破壊される確率は下げられるはずよ。それにどれだけの意味があるかはわからないけど……」

愛美は不完全燃焼の様子で腕を組んだ。

＊　＊　＊

それからさらに何度か、ナイトメアの襲撃はあった。

敵の狙いがバーンガーンなのは確実だった。彼らの出現地域は、この街に限られていたからだ。

そのたびにバーンと瞬兵は共に戦い、これに勝利した。

ＶＡＲＳの支援もあって、人々や政府機関も、謎の蒼いロボットが自分たちを守ってくれるものだ、と認識するようになり、ＴＶやネットではヒーローのように扱われるようになった。

それはいい。

問題なのは、現れるごとにナイトメアが少しずつ強化されていることだった。

最初に現れた怪ロボットの攻撃はバーンガーンの装甲を貫通できなかったが、最後に現れたロボットは、装甲を砕いてバーンガーンをよろめかせた。

敵が、進化しているのだ。

彼らは闇雲に毎週毎週、律儀にバーンガーンに襲い掛かっているわけではない。そのたびにバーンガーンと瞬兵、ＶＡＲＳの戦い振りを学習して強くなっている。

もちろん、それはこちらも同じだ。

愛美は瞬兵に頼んで、意図的にバーンのセッティングを変更して戦ってみた。もちろん、瞬兵の考える強さを損なわない範囲である。

結果として、ＶＡＲＳとしてのバーンのセッティングを最適化すれば、バーン、そしてバーンガーンの戦闘力が向上することは明らかになった。ＶＡＲＳの蓄積した戦闘経験値は、超ＡＩを通して宇宙意識体としてのバーンと、バーンガーンというマシーン自体のつながりを強めているということがわかる。

（つまり、ＶＡＲＳの機能を拡張することはバーンの強化につながると言える）

そこまでは確実だった。

だが、それだけでは、ＶＡＲＳとナイトメアとでいたちごっこを続ける、ということでしかない。

（何かもっと、抜本的な対策を……）

愛美は一月近く、家に戻らなくなった。

＊　＊　＊

久しぶりにＶＡＲＳ基地に呼び出された瞬兵が見たのは、予想された巨大な新兵器ではなく、大きさにして60センチくらい、動物を模した三体のナビロボだった。

「姉ちゃん、全然家に帰ってこないと思ったら、これ作ってたの？」

瞬兵は興味津々で言った。

「そうよ」

愛美の瞳の下には、わずかなクマができていた。よほど根を詰めていたらしい。

「コレって、例のサポートメカですか？」

三体を覗き込みながら、さとるがつぶやく。呼び出されたのは瞬兵だけではなく、さとる、ひろみ、まさるのトリオも一緒だった。

「お、さとる、大正解！　バーンガーンのサポートメカ〝候補〟の三匹！」

「えっ？　サポートメカって猫と鳥とクジラなんですか⁉」

「あ、バカ、ちがう」

愛美は顔を手で覆った。

刹那。

ナビロボのうち、猫と鳥と呼ばれた二体が、さとるに襲い掛かり、追いかけ回し始めたのである。

どうやら、猫と鳥と呼ばれたのが気に入らなかったらしい。

クジラと呼ばれた最後の一体だけが、ぼーっとその光景を見ている。

「ワーーーッ！　助けてぇ！」

「猫じゃなくてサーベルタイガーの〈ハウンド〉、鳥じゃなくて始祖鳥の〈グリフ〉、クジラじゃなくてイッカクの〈イッカク〉」

「ゴメン、ゴメン！　間違えてゴメン！」

　言葉は理解できるようで、二匹の動きが止まった。

「えっ、じゃあ姉ちゃん、このナビロボ、自律型超ＡＩを積んでるの⁉」

　自分が猫ではなくサーベルタイガーだ、と認識して怒る、というのは相当高度な疑似人格だ。それが自我と呼べるものであるかどうかはともかく、外部からは自我と見分けを付けることができないほど高度なＡＩ……自律型超ＡＩだ。それをこのサイズのナビロボに組み込んでしまうとは、やはり愛美は天才と呼ぶしかない。

「この三体の超ＡＩは、バーンの支援を目的としているわ」

　愛美は部下たち三人に、三体のナビロボを差し出した。

「まさるは〈ハウンド〉、ひろみは〈グリフ〉。さとるは〈イッカク〉をお願い。世話をしてくれればそれでいいわ」

「ネットワークにつないでのディープラーニングじゃダメなんですか?」

さとるはそう問うたが、愛美はユウガに首を振った。

「もちろん基本的なデータは学習済みだし、今後も反復訓練は継続するけど、聖勇者であるバーンをサポートする以上、生の感情の学習は必要でしょ? そのためには、単なるデータプールと触れあうより、コミュニケーションを取るほうがいいのよ」

「なるほど! よっしゃ、ええで! ハウンド、虎や、おまえは虎になるんや!」

まさるの眼鏡がキラリと光るや、嬉しそうにハウンドを抱き上げてみせた。

「うわ、ベタベタな関西人リアクション」

言いつつも、ひろみもグリフの頭を撫でた。イッカクもいつの間にか、さとるの腕の中に収まっている。

「でも姉ちゃん」

「ん?」

「このサイズじゃ、バーンと一緒に戦えないんじゃ?」

「バーンの超AIとこの子たちの超AIはリンクしているわ。戦闘時にはこの子たちも巨大化させて戦うことができるはず。バーン自身と同じよ。バーンができる、と認識したことはできるの」

「なるほどね」

バーン自身はVARSの枠を超えて改造することはできない。だが、メカを追加することはできる、というわけだ。

（だけど）

瞬兵はふと、不安になった。

あの時、ガストと戦った時に戦った赤いロボット。

あの赤いロボットはあれから姿を現していないが、バーンガーン以上のスピード、もしかしたらバーンガーン並みのパワーを持っているのではないか、と思えた。

あの赤いロボットが姿を現したとき、果たしてバーンと超AIたちは本当に勝利できるのだろうか？

それだけではない。

結局、海浜ドームが襲撃された日以来見つかっていない、ヒロのことも気にかかる。

死んでしまったなら、遺体か遺品くらい発見されるはずだが、ドームのどこからもそんな痕跡

183　勇者聖戦バーンガーン THE NOVEL 上巻

は見つけられなかった。地球人の技術だけではなく、バーンのセンサーを使っても、結果は同じだった。

だとしたら、あの時、ナイトメアが地球に出現した時にヒロにはもっと良くないことが起きてしまったのではないだろうか？

三体の超ＡＩナビロボとはしゃぐ大人たちをよそに、瞬兵は不安だった。

そして不幸なことに、その不安は、時を経ずに適中するのである。

第七話
『ダークギルディオン』

炎が、視界を満たしていた。

体が焼け付くように熱い。

すべてが、砕けていく。砕け散っていく。

街も、木々も、そして人も。

「バーン！」

瞬兵はバーンの名を呼ぶ。

だが、それに答えたのは、彼の眼前に崩れ落ちる巨大な水色のロボットの姿だった。

「バーン！」

バーンのカメラアイが力なく輝くと、その巨体が縮まって、小さなＶＡＲＳの姿に戻る。

それっきりだ。

駆け寄った瞬兵の手の中で、バーンはもう動かない、喋らない。

「そんな……」

瞬兵はどうしていいかわからなかった。

腕に装着したバーンブレスも輝きを失い、ＶＡＲＳの隊員たちも答える様子は無い。

たったひとり、瞬兵だけが燃える街に取り残されている。

その時だ。

「シュンペイ……」

懐かしい声がした。

忘れるはずもない声だった。

「ヒロ⁉」

炎の中、瞬兵は声のしたほうへと走る。

そこに立っていたのは、確かに彼の友人、洋の姿だった。

「無事だったんだね、ヒロ！　よかった。ボク、ずっと心配してたんだよ……」

「シュンペイ……」

洋の唇が、かすれるように動いた。

吐息とともにこぼれたのは、

「助けて」

という言葉だった。

「ヒロ！」

だが、瞬兵が手を伸ばすと、その姿はかき消えてしまう。

「ヒロ……!?」

「消えろ」

代わりに聞こえたのは、ひどく冷たい声だった。

振り返る瞬兵の前に、マントを羽織り、不思議な衣装をした仮面の少年が立っている。

「え」

その瞳には、瞬兵の知らない感情があった。

殺意、である。

幼い少年には知るよしもない、呪わしくおぞましい黒い意思。

「消えてしまえ！」

仮面の少年がのばした手の先が、黒く輝いた。

渦を巻いた光が、瞬兵を飲み込む。

「うわあああああああああああ」

瞬兵の肉が骨からこそぎ取られ、全身をすさまじい苦痛が満たす。

だが、それ以上に、冷たい悲しみが瞬兵の心に流れ込んでくるのがわかった。

(これは……あのコの……⁉)

が、その疑問が明らかになるより先に、瞬兵の意識は闇に溶けて、消えて行った。

＊　＊　＊

「！」

目ざめると、そこは見慣れた自室のベッドの中だった。

温かい日差しが、窓から差し込んでいる。

「夢……」

そう、何もかもが夢だったのだ。

だが、瞬兵のパジャマと皮膚はぐっしょりと濡れていた。見つめる手の平に、じっとりと脂汗が浮かぶ。

あの苦痛も、あの悲しみも、まるで本当のことだったように、瞬兵には感じられた。

「大丈夫か、瞬兵？　苦しんでいたようだが……」

「ありがとう、バーン。大丈夫だよ」

案ずるバーンにそう答えたあとも、瞬兵はしばらくの間、じっと窓の外を見つめていた。

＊　＊　＊

同時刻。

グランダークの居城では、幹部のひとりであるギルティが片膝をついて、頭を押さえていた。

その姿を瞬兵が見たら驚愕したのは間違いない。なぜならば、夢で見たあの仮面の少年そのものであったからである。

「なんだ……何がオレの中に入り込んでいる……？」

ゆっくりと立ちあがったギルティの背後に、カルラが立っていた。女の姿をした、グランダークの部下である。

「調子が悪いようね」

「なにか、用か？」

グランダークの一党にいたわりや友愛などというものはない。ギルティの言葉はひややかだったし、カルラのほうも心配をした、ということではなく、単に政敵の不調を訝しんでいるだけのことだった。

「地球に行くつもり？」

「そうだ。このまま消耗戦を続けても、バーンガーンは倒せん」

「何を企んでるか知らないけど、下手な小細工はしないでね。セルツ様の代わりだなんて、私は認めてないから！」

セルツ、という名に、仮面の下の眉がわずかに動いた。

ナイトメアの最高幹部であったセルツは、地球侵略が始まったその時に姿を消し、その代わりにギルティが後継者として任じられたのだ。そのことをカルラがよく思っていないことは明白である。

「おまえに認められる必要などない」

「……！」

マントを翻して、闇の中へとギルティは歩き出す。

その足取りにはもはや、苦痛の色はない。

「ギルディオン、出撃するぞ」

＊　＊　＊

それは、突然に始まった。

轟く爆音。

激しく揺れる地下基地。

「敵なの!?」

姉、愛美がスタッフを叱咤する。

「直上！　見たこともないタイプですわ！」

「防衛隊のレーダーには完全にヒットしていません！」

「……!!」

モニターに映し出されていたのは、禍々しく、血のように紅いロボットだった。これまで送り込まれてきたナイトメアの破壊ロボットの、人間を戯画化したようなスタイルとは違う。

むしろ、その姿は――。

「バーンに、似ている……!?」

そう、それは〝人型〟だった。

メカであるならば必要もないほどに、人のフォルムに似た姿。

それを見る瞬兵たちは一様に、バーンのことを思い出していた。

いや、それだけではない。

紅いロボットのすぐ側に、人が、浮いていた。

マントを羽織り、歪んだ仮面をつけた少年の姿。

(あれは……夢で見た……!)

「やつらに、この基地のことがわかっているのか!?」

ポケットのバーンが、少し焦ったような声を出した。

これまで、破壊された臨海ドームに偽装したＶＡＲＳ基地はあくまでバックアップに徹してきた。ここがバーンの基地であることは、ナイトメアに悟られてはいないはずだった。

が、今、敵はこのドームを中心に空襲をかけてきている。それは紛れもない事実だ。

罠だろうか？

たとえば、海浜ドームが基地だとわかっていなくても、このあたりにバーンガーンの基地があると推理して、陽動作戦をかけてきている、というのは考えられることだ。

「わかんない……でも、とにかく行かなきゃ！」

だが、そうだとしても、瞬兵にはひるむゆとりはなかった。

目の前で燃え上がっている街は、ゲームの画面でも、瞬兵の悪夢でもない。現実に、人が暮らしている彼の故郷なのだ。

「……よし、行くぞ、瞬兵！」

瞬兵とバーンは走り出した。

海浜ドームの地下からは、いくつものリニアシャフトが張り巡らされ、ドームの周囲に出現できるようになっている。バーンガーンが現れたからといって、即座に海浜ドームが基地だと断定されることはないだろう。

瞬兵はためらわずリニアシャフトに飛び込んだ。

（そうだ……ボクとバーンがやらなくちゃ……！　この街を守れるのは、バーンガーンだけなんだ……！）

＊　＊　＊

「龍神合体！　バーンガーン！」

燃え上がる街を背に、これよりは一歩も通さぬという気迫とともに、バーンガーンが出現する。

その額の宝石の奥には、瞬兵の姿がある。ひとりと一機は一心同体、幾度となくナイトメアから人々を守ってきた勇者の姿だ。

瞬兵がいるのは絶対防衛領域《アブソリュートディフェンスエリア》。バーンガーンの中枢部にして、もっとも強靱なバリアで守られている空間だ。バーンガーンの足下はもとより、VARS基地などよりもよほど頑丈で、戦闘時にバーンに指示を出すにはこれ以上の場所はない。

だが、紅いロボットはこれまでのナイトメアのように、問答無用で攻撃を仕掛けてくることはなかった。

それどころか、少年の姿をしたナイトメアは、まるで瞬兵を招くかのように、両手を広げてみせたのだ。

「シュンペイ、待っていたぞ」

「えっ⁉　どうして、ボクの名前を⁉」

「…どうして？…フフフ、どうしてだろうな？」

少年は宙に浮かんだまま、座ったようなポーズでとぼけてみせた。漆黒のマントが悪魔の羽根のように風にたなびいて、怪しく揺れる。

「我が名は、ギルティ……〝絶望の化身〟」

「ギルティ？　……〝絶望の化身〟？」

瞬兵の声に、ギルティはニヤリと笑った。

「そう、全ては〝絶望〟に始まり〝絶望〟に還る。全ての人間が〝絶望〟に染まる時、新しい世界が始まる」

いちいち芝居がかった仕草でギルティは答えた。ギルティが言葉を発するタイミングに合わせ、ギルティの頭に巻き付いている金色の輪に付いた眼が点滅する。

「お前たち人間の〝絶望〟が、グランダーク様完全復活の糧となる」

不敵な笑みを浮かべ、天を仰ぐギルティ。

紅いロボットに黒いプラズマが集積する。

これまで以上の空襲をかけようとしているのは、明白だった。

「キミは⁉」

「あれが子どもの姿をしていても……ナイトメアだ！」

「うん、わかってる！　止めよう、バーン！」

「ああ！　スパークキャノン！」

バーンガーンの背部に備えられたスパークキャノンから、闇を切り裂いて稲妻が放たれる。

だが、紅いロボットと少年は、その稲妻をひらり、とかわしてみせた。

「人間は、脆い。我々の力で〝絶望〟の底に沈めることなど造作もない。そう焦るなよ。聖勇者……」

ギルティのアイマスクの眼が光り、指を鳴らす。

「来い、ダークファイター」

＊　＊　＊

「バリオンとボソンの異常集積を感知！　こらやばいで姉御、あのナイトメア、空間に門を開けとる！」

VARSのオペレータールームで、逢坂まさるが天を仰いだ。何もかもがこれまでのナイトメア・ロボットとはグレードが違う戦いだった。

「！　空間を操れるって……バーンガーン並みの出力があるの、あのVARSもどきは！」

＊　＊　＊

「暗黒合体！」

夜空が、割れた。

文字通り、空間そのものが裂けたのだ。

引き裂かれた空を切り裂いて、黒と赤で塗り分けられた凶鳥のごとき飛行マシンが現出する。

そのサイズは、ガーンダッシャーとほぼ同等だ。

「まさか……！」

紅いロボットが、ギルティが、ダークファイターと呼ばれた飛行マシンに吸い込まれていく。

「あれは……まさか、私と同じ合体システムか！」

ダークファイターはそれに答えず、ただバーンガーンに一瞥をくれただけだった。

漆黒の雷光を纏い、ダークファイターが巨大な翼を持つ人型ロボットへと変形していく。

「これこそがダークギルディオン！　おまえたちに与えられる、〝絶望〟だ！」

「ダーク……ギルディオン……!?」

「手始めにお前たちから連れていってやる！　〝絶望〟のドン底にな!!」

ダークギルディオンの手の中にプラズマが収束すると、漆黒のショットガンが顕現した。

「死ね！　バーンガーン！」

「ぐっ！」

バーンガーンは身を翻したが、黒い散弾の何発かが装甲に食い込み、表面を砕いた。

「ダークサーベル！」

その隙を見逃すダークギルディオンではない。急降下すると、左手に出現させた剣でバーンガーンを切りつける。これもバーンガーンのランサーで受け止めたが、ギリギリのタイミングだった。

(あのロボット……バーンガーンのクセを知ってるの……⁉)

じりじりと、バーンガーンの機体がつばぜり合いの体勢のまま、押し込まれていく。

＊　＊　＊

「お姉さま！　ダークギルディオンのエネルギー・パターン、過去のデータと一致しました！」

解析を進めていたひろみが顔を上げた。

「え⁉　どういうこと⁉」

「バーンが臨海ドームに出現した時に、ドームを破壊した赤いエネルギー球体……あれと一致します！」

「ヒロが消えた時の……じゃあやっぱりあれは！」

＊　＊　＊

それが意味するところを、瞬兵もまた理解していた。

紅いロボットのフォルムには確かに覚えがあった。こちらのクセを知っているあの動きも。

そして……あの少年の姿をしたナイトメアも。

「キミは！……　ヒロ!!　ヒロなんだろ！」

ギルティは答えない。

だが、瞬兵は叫ぶ。

バーンガーンの機体を通して、声はダークギルディオンの内部へと伝わっているはずなのだ。

「間違いない！　あの夢に出てきた……　〝助けて〟って……ヒロ!!」

そして、その声は確かに届いた。

「……シュンペイ……⁉」

それは、聞き覚えのある懐かしい声だった。

バーンガーンの機体内に投影された映像の中で、苦しみながらも、少年は確かにヒロの声で、答えたのだ。

「ヒロ……⁉　やっぱりヒロなんだね！」

「……シュンペイ、いまのオレは〝悪い意識〟に支配されてる。逃げろ！　コイツは、危険だ！」

「バーンガーン、攻撃をやめて！　あの中には、ヒロが、ボクの友達がいるんだ‼」

ランサーを振り下ろそうとしていたバーンガーンの手が止まった。いつでも、バーンガーンは瞬兵の言葉に耳を貸してくれる。

「だが……今ダークギルティオンを止めなければ、街が！」

「わかってるよ、それでも！」

「く……！」

バーンガーンにも、ギルティと名乗った少年の異変はわかっていた。いや……ギルティという名のナイトメアが、洋という少年に憑依しているのかもしれない。そして、瞬兵の言葉が洋の意識を目ざめさせようとしているのやもしれぬ。だとしたら、それに刃を向けることは、聖勇者のなすべきことではないのだ。

しかし、ダークギルディオンの脅威もまた厳然たる事実だ。

戦うべきか、退くべきか。

バーンガーンの心に、迷いが生まれたその時。

彼の耳――いや、聴覚回路とでもいうべきものに、聞き慣れた意識体の声が響いた。

「バーンガーン！　オレだ！」

「……!?　ま、まさか……！」

聞き覚えのある〝声〟だった。バーン同様、アスタルの下で修業に励んだ同じ聖勇者の声。

「今は、退け！　いまのお前では、この〝絶望の化身〟を倒せない！」

「やはり、スペリオン！」

バーンは友の名を呼んだ。忘れるはずのない名であった。

宇宙の果てのどこかで、同じようにグランダークと戦っているはずの名である。その友が、変わり果てた姿で目の前にいる。その衝撃は、瞬兵のものに勝るとも劣らない。

「お前は、グランダークとの戦いで……」

「あぁ、オレとしたことが、グランダークに捕らえられ〝絶望の化身〟として復活させられた」

「そんな……まさか！」

聖勇者が敗れるというだけでも信じられないことだったが、聖勇者すらナイトメアに変えてしまうグランダークの力は、アスタルから聞かされていた以上のものであった。

「時間が無い！　ヤツの支配が戻ったら、オレはお前を倒さなければならない。逃げろバーン！　オレにはまだ……！」

刹那。

ギルティは頭に手をあて、ダークギルディオンは唸って、再度ヒロとスペリオンの意識を乗っ取った。

「……こざかしい真似を……おしゃべりは、終わりだ！」

ヒロ、いや、ギルティの殺意に満ちた絶叫とともに、闇の刃が繰り出される。バーンガーンは回避するのが精一杯だった。

「ギルディオン！　スペリオンを返せ！」

「洋を返して！　ギルティ！　洋の中から出ていけ！」

ふたりにできるのは、叫ぶことだけだ。

叫びが、もう一度洋とスペリオンの心を解放するのではないか、という期待があった。

だが、ギルティの返答は、瞬兵の予想もしないものだった。

「おい……オマエ、なんか、かんちがいしてないか？」

ギルティは左目に手をあてて、洋の目を隠し、リングの端に怪しく光る赤い眼を光らせた。

「オレはコイツに取り憑いてなんかいない」

「!?」

「オレはコイツのいわば〝アザーサイド〟。オレはヒロ……坂下洋自身の心の〝絶望の化身〟だ」

片目だけ見えているヒロの目だけが、一瞬だけヒロの目の光になる。

「ヒ……ヒロ？」

「シュンペイ、何にもわかってないんだな……反吐が出るぜ」

赤い眼が炎のごとく燃え上がった。

「お前は、いつだって友だちに囲まれ、家族にも愛され、生活にも恵まれ……」

そういいながら、拳を握る。

「⁉　ヒロ？」

また、一瞬ヒロの姿がギルティにダブった。

「なに不自由なく生きてやがる。先の見えない未来に対する悩みも、行き場のない境遇に対する怒りも、耐え難い過去の挫折も、抗えない現実への憎しみも知らない！」

その言葉は、闇の底から湧き出すような怒りにまみれていた。

瞬兵のまだ知らない感情が、そこにあった。

「許せないんだよ！　わかるか？　シュンペイ！　オレはな、そんなお前が大っ嫌いだ‼　虫唾が走る！」

「……ヒロ！」

「イヤ、ちがう。チガウ……そんなこと思ってない。シュンペイのことがうらやましい。ねたんでいるんだ……オレは……」

姿はギルティだったが、その言葉の中には確かに、洋の姿も見え隠れする。

徐々に、瞬兵に対して話すのではなく、ギルティと洋が互いに語り掛けるような口調になっていく。

「だから、それはつまり、シュンペイを憎んでいるってことだ。アイツはオレが持っていないものを全部持っている……」

静と動、言葉の抑揚が、洋とギルティの間の葛藤を表しているようだ。

「両親を亡くし、親の愛情を知らず、家族を知らず、生きるために自分を殺し、周囲に溶け込まず、大人からみていい子でいることで自分の居所を探してきた」

この言葉の主は洋なのか？　ギルティなのか？

「そこにお前が、シュンペイ、お前が目の前に現れた。無防備に、無垢なまま、真っ直ぐな目で懐に飛び込んできた―

「ヒロ……」

「……ねたんでいるんだ、オレは…お前のことを」

そう言うと、ギルティはダークギルディオンの中に完全に溶けていった。

「ヒロ!!」

瞬兵の叫びは、届かない。

ダークギルディオンの胸にある凶鳥のレリーフが口を開き、漆黒の火焔を吐き出す。

「ダークネスフレア‼」

焔が、ついにバーンガーンを捕らえた。

＊　＊　＊

ＶＡＲＳの司令室が激しく揺れていた。戦闘の衝撃は、急ごしらえのシェルターの耐久度を超えつつあった。

「バーンガーンのダメージ、すでにレッドゾーンに達しています！　このままでは、いくら聖勇者のバーンガーンでも……！」

「……ここも、ヤバイみたいやな」

まさるのセリフには余裕がなかった。本当の本当に、ＶＡＲＳ基地の危機なのだ。

「いま、ここを失うわけにはいかない！　瞬兵！　バーンガーン！　戦うのよ！　戦わなければ、洋だって助からないのよ！」

「わかってる……でも、ヒロと戦うなんて……ボクにはできないよ！」

（瞬兵には、酷すぎる現実か……！）

愛美にも、実のところどうしてよいかわからなかった。

瞬兵は軍人でも、戦士でもない。友に刃を向けろ、などと言えるはずがない。それを言ってしまえば、愛美と瞬兵が守ろうとしている何か、とても大切な何かが壊れてしまうからだ。

＊　＊　＊

「とどめだ」

焔に焼かれ、膝をついたバーンガーンの喉元にダークサーベルの刃先が伸びる。

「死ね、聖勇者」

ダークギルディオンの冷たい声が、廃墟に響く。

その時だ。

温かい光が、バーンガーンを――いや、額の宝石の奥で叫ぶ瞬兵を包み込んだ。

「――！」

その光を、ギルティは直視できなかった。

圧倒的な光だった。

「撤退だ、ダークギルディオン」

「ギルティ⁉」

「帰るぞ！」

ダークギルディオンは、それ以上主の言葉に反駁しなかった。

ただ、黒い翼を羽ばたかせ、夜空へと消えただけだった。

後に残されたのは、深く傷ついたバーンガーン。

瞬兵の行方は、いずことも知れなかった。

第八話
『本当の敵』

白い空間が広がっていた。

瞬兵は最初、自分の眼が見えなくなったのかと思った。

そこには上も下もなく、右も左もなく、ただ茫漠たる優しい光だけがあって、白く輝いて見えたからだ。

が、やがて自分の手も足も認識できて、瞬兵はまだ生きているのだ、と悟った。

体が、痛む。

ダークギルディオンとの戦いの衝撃が、瞬兵の小さな体を痛めつけていた。

「……よ、勇気ノ……もとよ」

「だ…誰？」

白い空間の中、目の前に金色の光があった。

そして声があった。

声は男のようでも女のようでもあり、また老いているようでも若いようでもあった。

「……勇気の、源よ」

横たわった瞬兵の上に、金色の光が舞い降りてきた。まばゆい光に目が眩み、瞬兵は顔に手をかざす。

「我が名は、アスタル」

アスタル。

その名前には聞き覚えがあった。そうだ、確か、バーンが……。

「バーンのお師匠さん？　……」

「少年よ、友の心音《しんおん》を聞いたか？」

「シンオン？」

「こころのおと、友の心の内を聞いたか？」

「…ヒロは…」

瞬兵はうなだれてしまい、言葉が出てこなかった。

それは、彼が生まれて始めて接した、悪意だったからだ。

悪意と害意は違う。

これまで立ち向かってきたナイトメアは、瞬兵に害意を持っていたとしても、瞬兵個人への悪意を持ってきたわけではない。だが、今瞬兵の前に立ちふさがっているヒロは違う。

愛されて育てられてきた瞬兵は、これほどの悪意を向けられたことはなかった。

「ヒロは……ボクのことがダイキライだって……」

我知らず、涙が頬を伝った。

涙は水晶のように輝いて、白い空間に散っていった。

「ヒロが、ボクのことを、そんな風に思っていただなんて…」

「その言葉を信じるか？」

「わかんない。でも、ギルティが言ってるのに、ヒロが言ってるみたいで……」

「勇気の源よ……本当の敵を、見定めるのだ」

「本当の、敵？」

瞬兵は少しきょとんとした。

ナイトメアのこと？　ギルティのこと？　ダークギルディオン、それとも……ヒロのこと？

「本当の敵は見えるものに非ず」

金色の光は、ゆっくりと小さくなっていった。

「みえるものにあらず？」

瞬兵はもう一度、その言葉をオウム返しに問い返す。

見えるものではない、敵。

それは――

光が拡がっていく。

金色の光が、瞬兵を飲み込んで、そして――。

＊　＊　＊

「ここは？」

瞬兵はふわふわと浮いているような感覚の中、目の前に移る光景に見入っていた。

光。

それは時間、空間を超えた世界だ。

宇宙の創造とともに存在し続けてきたアスタルが見せるビジョンは、まるで巨大な万華鏡のようだ。

そこには、瞬兵が産まれる前の時間、産まれた時の時間、その後育ってきた後の時間、すべてが存在する。もしかしたらその先の未来すら見えるのかもしれなかったが、今の瞬兵には光そのものとしか知覚できなかった。

（シュンペイ、ギルティの言ったことは、……真実だ）

瞬兵の心そのものに、アスタルは語りかけてきた。

（ギルティはヒロに取り憑いているのではない）

「！」

（ギルティはヒロの〝一部〟なのだ）

「一部？　じゃあ、やっぱりギルティはヒロってことでしょ？　ヒロはボクのこと……」

（……気になるのか？）

「……うん」

（シュンペイ……だからこそ…本当の敵、見えざる本当の敵を探せ）

アスタルの声が低く響く。

「わからないよ、たとえそれが分かったからって、ヒロのホントの気持ちは変わらない……」

(だが、それはヒロの「一部」であるギルティの言葉だ。思い出せ、シュンペイ。ヒロは何と言っていた？)

瞬兵の心にあの時のヒロの声がよみがえってきた。

『シュンペイ、いまのオレは〝悪い意識〟に支配されてる』

「！」

(ビジョンを見せよう)

ふたたび、優しい光が瞬兵を包んだ。

瞬兵の前に見える景色が、書き換わっていく。

＊　＊　＊

そこは、港の見える丘だった。

海からの風に吹かれて、ひとりの女性が空を見上げている。

黒い服を着たその女性のすぐ側には、真新しい墓石があった。

それが誰の墓石か、瞬兵は知っている。

相羽真人。

幼なじみの菜々子の兄であり——そして愛美の恋人だった宇宙飛行士の遺体なき墓標だ。

宇宙開発事業団に所属していた真人が死んだのは、数年前。衛星軌道上でのことだった。

瞬兵にとってはおぼろげな記憶だったが、目の前のビジョンはどこまでも鮮明だった。

「真人……あなたが私の研究で人類が宇宙に行ける、って言ってくれた意味、やっとわかってきた」

姉が語りかけているのは、瞬兵に対してではない。

そこにいない、死者に対してだ。

「私、決めたよ。あの技術、C-Naに売る」

C-Na。C-Naゼネラルカンパニーのことだ。

「社長は高い給料も、莫大な研究費も約束するって言ってくれたけど、その見返りは当然〈超AIシナプス〉のパテントをよこせって話だった」

愛美はカバンの中から小さなデバイスを取り出した。瞬兵も見覚えのあるそのユニットは、ＶＡＲＳの初期モデルだ。

「でも、この技術をシーナに渡したら、自ら考え、行動する最凶の兵器が出来上がってしまう。それだけは絶対避けなきゃ！　って思って最初は逃げ回ってたんだけど……やめた」

愛美の瞳が強い光を帯びる。

「逃げ回っててもＣ－Ｎａから逃げ切れるもんじゃないし、ネット上のバッシングや、脅し、誹謗中傷も正直、もうへこみそう。最近はＣ－Ｎａ以外にも接触してくる海外の怪しい組織？　も出てきたから、こりゃ逃げてても逃げ切れん！　殺されちゃう！　って思ってさ」

まるで真人がそこにいるかのように、愛美は苦笑いをした。決して弟には見せることのない無防備な笑顔。

「それに…逃げてるだけじゃＶＡＲＳは完成しない」

丘まで昇ってきた海風が愛美の髪を揺らした。

「だったらいっそのこと、自分から懐に入った方が早いと思って。この技術は、戦争のために使わせない。真人と約束した通り、未来の人類のために使う」

愛美は涙を浮かべてはいたものの、その表情は決意に満ちていた。

何もかもが、知らない姉の姿だった。

「真人が褒めてくれたこの技術を、ちゃんと人類のために使う！　そう決めたの！　自分に負けそうだけど、負けるわけにいかないじゃん？」

（こんなことがあったんだ……）

瞬兵はビジョンの中で、呆然としていた。

それまでずっと、自分が見ているものだけが、家族の姿なのだと思っていた。姉が泣く姿など、想像もできなかった。

でも、自分が見ている芹沢愛美は、あくまで姉としての芹沢愛美なのだ。

（目に見えるものだけがすべてではない）

アスタルの厳かな声が響いた。

（キミと彼の間にもそんなことはなかったか？）

アスタルの言葉とともに、ビジョンはまた光の中に消えて行った。

（そうだ、ヒロ——！）

＊　＊　＊

次のビジョンは、すぐ最近のものだった。

そこは海浜ドームの地下にあるＶＡＲＳの本部。

まさる、さとる、ひろみの三人が、三体のサポートロボを前にしているところ。

一月か……もう少し前のことだ。

「二週間、こいつらのＡＩの教育を担当か……」

「あの姉御が、頭下げるとか、尋常やないで…」

「ホントにいっしょに暮らすだけでいいの？　特訓！　とか、バトル！　とかしなくていいの？」

ひろみは、グリフの前でファイティングポーズを取ったりしながら、二人に聞いた。

「バトルＡＩについては、本社の戦闘用ＡＩをそのまま入れ込めば完了しちゃうんだ」

Ｃ-ＮａゼネラルカンパニーＮは防衛部門にも深く食い込んでおり、自律型ＡＩ兵器の開発も行っている。そこには愛美の技術の一部が転用されている。これはやむを得ない事実だ……ＶＡＲＳ

のテクノロジーのすべてを秘匿することはできなかった。愛美が技術を秘匿したとしても、ディープラーニングによる兵器開発は全世界のあらゆる企業が行っている。遅かれ早かれ、だ。

ならば、自分がコントロールできる範囲で技術者としての良心を貫く。愛美の考えは、そこにあった。

「でも、それだけじゃただの殺戮兵器や、姉御の特許、〈超AIシナプス〉を組み込むことで、この三匹は〝兵器〟じゃなくて〝生きてるメカ〟になる。姐御の狙いはそれや」

「すっごーーい、さっすが、お姉さま♪」

動物の姿をしているけれども、この三体のサポートロボには〈超AIシナプス〉、つまり完全自律型のAIが組み込まれている。ネットワークから切り離され、自分だけの判断……そして自我を持ち得るということだ。

「見た目同様、生き物のように考えることができるから、ただの武器とか、アイテムとは違った効果が出るかもしれない……と愛美さんは考えているんだと思う」

「なるほどぉ〜。スゴいのね！　ピーちゃん！」

ヒロミはグリフの頭をなでながら言った。

「ピーちゃん？　グリフ、でしょ？」

「だって、ぐりふとかコワそうだもん。ピーちゃんの方が呼びやすいし、カワイイでしょ？」

「Ｐｉ！」

グリフはヒロミの声に応えて羽根を広げた。女子的にうれしいらしい。

「よっしゃ！　手始めに甲子園いくで！　本物の虎をたたっこんだる！　ついてこいや！」

まさるのその反応もどこかズレたものだったが、そのまさるを「フン」と鼻で笑いながらも、ハウンドは後について部屋を出て行った。

「こういうことなの？」

さとるはあきれつつも、この人選が愛美の狙いにも思えた。

個性。

それだけは無味乾燥なプログラミングでは与えられないものだ。個性だけは豊かな三人に〈超ＡＩシナプス〉を預けることで、何かを生み出そうとしているのだろう。

「じゃあ、ボクらも行こうか？　よろしくね、イッカク」

さとるはかがみこんで、机の下に隠れ込んでしまったイッカクに挨拶した。

「ギュル」

イッカクは返事するかのようにドリルを回して、（ちょっとバックして）応えた。

＊　＊　＊

正体不明の〝異星人〟の攻撃が始まって、毎週のように怪ロボットが都市を攻撃するような異常事態が訪れても、襲撃を受けていない地域では日常が営まれているし、その中にはプロ野球だって含まれている。人間同士の戦争と同じだ。

『9回裏梅田タイガースの攻撃！　2アウトランナー2塁3塁一打逆転サヨナラのチャンスです!!』

「いてこませーーーー!!」

盛大に散らかった部屋の真ん中で、缶ビール片手にまさるがTVに向かい叫ぶ。

ハウンドはまさるの隣でTV横目に伏せていた。

「ハウンド、よく見とけ！　ここからがタイガースの真骨頂やで！　ダイナマイト打線の復活や！」

眼を血走らせてまさるが叫ぶ。

ビジョンを見ている瞬兵は、まさるがここまでヒートアップするのを見て、驚愕していた。

が、一分後。

『ゲームセット！　タイガース残念ながらサヨナラならずです！』

「アホボケカス！　なにやってんねん！」

さっきとは打って変わっての罵声の応酬、乱暴にテレビを切ると、まさるは缶ビールを一気飲みした。

（人間てのは、おもしれーな。こんなボール遊びで興奮できるんだ）

瞬兵の心に、ハウンドの意識が伝わってきた。

ハウンドが、自分の教育担当である逢坂まさるの家に来て今日で３日目、毎日のスケジュールは12時起床→13時ＶＡＲＳ本部に出勤、基地内のシステム管理18時終了→帰宅してタイガース戦観戦。終了次第、勝てば、勢いづいて近所の飲み屋に繰り出し、負ければふてて酒飲んでそのまま就寝、だった。

（負けたから…今日は荒れるか？）

今日もタイガースの結果に合わせた動きかと思ったが……まさるの動きはちょっと違った。

「しかし、オドロキやな…」

まさるはまるで猫のように伏せて寝ているハウンドを見て、２本目の缶ビールを開けた。

「姉御…いつから、作ってたんや、こんなもん。まるでほんまもんのトラやんか？」

ハウンドの背中をつつく。ハウンドもまさるを一瞥、むっくりと起き上がった。

「ボンがおらんようになって、ホンマは一番心配なはずなのに、バーンのお師匠さんを信じろという言葉を信じて、帰って来た時のことに自分の気持ちを切り替えた」

（酔うとよくしゃべる。関西人の特徴か？）

確かに、少し酔っているようにも見える。まさるは続けた。

「お前たちのバトルＡＩはワシが調整済みやったんや。デザインもプログラムの〝熱血〟やからな！普通だったら、今度あのなんちゃらでぃおんが出てきたら、お前ら三匹だけでも楽勝！　のはずなんや」

パッドを操作して、まさるはハウンドのシステム画面を立ち上げた。

彼は元々、天才プログラマーと称賛され、様々な企業からのオファーを受けていた。しかし、企業間の争いに巻き込まれ、それに厭気が差してプログラマーを引退しようとしていたその時、愛美と出会った。

愛美がまさるに提示したのは高額の報酬でも豪華な社宅でもなかった。

『一緒に正義を貫こう』

彼女はそう言ったのだ。

正義。およそシステムエンジニアリングには無縁なその言葉を臆面もなく口にする彼女のことを、まさるは心底から気に入った。

「だが、姉御の答えはNO！　や、なんでやと思う？」

ハウンドに解答する機能はない。いやそもそも、機械であるハウンドに語りかける〝感情移入〟という概念自体、AIには理解しがたいものだ。が、ハウンドはそのまま聞いているフリをした。

「お前たち三匹を殺戮兵器にしないため、つまり、心を持つアニマルロボットとして育てる、と決めたんや」

（知ってる）

と言いたそうにハウンドはうなずいてみせると、それがまさるの話を加速させた。

「お前の中に入ってる〈超ＡＩシナプス〉……それはバケモンプログラムや。全世界の企業がねろとる」

（そんな大それたものなのか？）

ハウンドはちょっと驚いた。瞬兵も驚いた。全世界の企業を相手に姉が戦っていたなんて、これっぽっちも知らなかった。

その表情を見て、更にまさるのトーンが上がる。

「Ｃ‐Ｎａにおるんも、他の企業や国に狙われるよりＣ‐Ｎａの中に入って特許取って守ってもらった方が安全やっちゅうことやな。その上でＣ‐Ｎａの防衛産業部門にはその特許を全部開示せんと、戦争とは全く関係ない、おもちゃと通信部門だけに使用を制限したわけや！」

まさるの語り口はテンポがよく、浪曲師か何かのようだった。酔うと口が滑りやすくなるタイプだ。

「もちろん技術応用で防衛産業に転用されてまうのはどもならんけどな。それでも、野放図にコピーされるよりはずっとずっとマシや。せやけどなあ」

プシュー ッ、と小気味良い音をさせて、まさるは三本目のビールを開けた。

「ワシには、なんでお前ら三匹をわしらに預けんのか？　まっっっっっったくわからん！　お前、タイガースの試合と酒飲んでるのを見て、何を覚えるんや？　姉御の頼みやから……でも、これでええんか？　なぁ？」

そのまま喋りながら、まさるは眠りについていった。

その優しそうな表情を見ながら、瞬兵にはなんとなく、姉の意図がわかる気がしていた。

＊　＊　＊

次に瞬兵の前に映し出されたのは、ひろみの部屋だった。

パステルカラーでまとめられたその部屋は、ガサツな姉の部屋とは何かが違っていて、瞬兵の心を少しどぎまぎとさせた。

「う～ん、どれがいいかなぁ～」

そのひろみはネットショップの画面を見ながら、頭を抱えていた。

「ピーちゃん用の服って……ないわよねぇ～」

グリフはロボット、かつ始祖鳥モチーフなので、ペット用の服やぬいぐるみ用の服を合わせてもいかつい見た目は隠せない。

「ピーーッ」

グリフも残念そうにうなだれる。

愛美からグリフを預かるとき、

「この子、中身女の子だから、ひろみが担当よ」

と言われたのをひろみは覚えている。

ロボットに性別という概念があるのかどうかはわからないが、少なくとも愛美の中ではそういうことになっているらしい。

「仕方ないなぁ〜作るしかないか〜！」

クッションを抱いたままひっくり返るひろみ。

「Pi?」

「ウフフ」

ひろみはクローゼットに飛び込んで、わらわらと何かを探し始めた。

「お姉さまに言われて、ピーちゃんを預かったはいいけど、なにをしてあげたらいいのか、わかんないんだぁ〜」

ひろみはグリフに、頼りなく微笑みながらクローゼットをひっくり返す。

「お姉さまが初めてうちの会社に来てくれた時、私に言ったの。世界中の子どもたちに〝自分だけのパートナー〟をプレゼントしに来たの…って、それがＶＡＲＳ」

「Ｐ・ｉ！」

「私もイベントとかを手伝ってたんだけど、こんなに早く世界中に流行するだなんて思わなかった」

「Ｐ・ｉ――――」

「世界中の子どもたちが、ＶＡＲＳがあることでみんな仲良くなれるの。通信で、ゲームで、自分だけのパートナーが世界を自分をつなげてくれる。そのＶＡＲＳの技術が……」

徐々にひろみの声が涙声になる。

グリフはゆっくり、服に埋もれたひろみの下に近寄った。

「ピーちゃんには絶対、アブないことしてほしくないの。でも……」

「Ｐ・ｉ」

「シュンちゃんだけじゃなくて、ヒロくんも、まさか、イベントであんなことになるだなんて…」

グリフはひろみのそばに来て翼で頭をなでた。

「お願いよ……ピーちゃん、シュンちゃんとヒロくんを助けて……」

ひろみはクッションに顔を押し付け、消え入るような声で泣いた。

＊　＊　＊

まさるの部屋とは打って変わって整えられた部屋の中で、さとるもまたパソコンに向かっていた。

そのかたわらには、イッカクの姿がある。

「まさるさんが『ロボットの武器といえばドリル！』っていうから、キミにはコレがついてるんだろうけど、キミの場合は攻撃よりも防御の方にスペック振ってるんだよね」

イッカクはそれにこたえるようにベッドの上に跳ねると、元気にごろごろと転がって見せた。

「それにガーンダッシャーとの合体機構システムは急ごしらえだから、キミたちの内で最もバーンとのシンクロ率が高い一体が戦闘に参加することになる…」

「ギュル」

「とはいえ、ウチは軍事部門じゃないもんなぁ～、玩具事業部だってーの、やりたくないなぁ～！」

「ギュルギュル！」

イッカクもさとるに同意というようにベットの上をキャタピラで走り回った。

「だよなぁ～」

さとるは苦笑いした。

玩具開発を志して愛美の部下になった彼にしてみれば、ＶＡＲＳ技術を使っての戦いは、たとえ正義のためだとしてもやりたくないことなのだ。戦えば、建物も壊れるし、人も傷つく。

「とはいえ、あのギルディオンは、元がウチのＶＡＲＳと思えないぐらいの戦闘力だった……バーンガーンのいまの武装と出力じゃあのスピードとパワーには追い付けない」

「ギュルギュル」

イッカクはさとるの言葉におびえるように後ずさった。

「所定期間に、一定の〝シンクロ率〟が出せないと、誰もバーンガーンと合体できない……それも困るしなぁ～」

さとるは天井を仰いだ。

「それに瞬兵くんが戻ってきたとして、あの時のギルティの言葉……」

ＶＡＲＳの実運営スタッフであるさとるは瞬兵とも洋とも仲がいい。二人が一緒にヴァルスで戦う姿を何度も見てきたのだ。

「助けなきゃ……あの二人はホントの、ホントの親友なんだ……」

さとるは顔を赤くして腕で顔を覆った。

「ギュル」

いたわるように、イッカクがドリルを回してみせた。

＊　＊　＊

（そうか……）

瞬兵はそれまで、どこかで自分とバーンだけが悪と闘っているのだと思っていた。

けれど、それは違うのだ。

姉や、ＶＡＲＳの人々が一丸となって、自分たちを支えてくれている。

その事実を、瞬兵は目の当たりにした。

(僕は……ひとりじゃないんだ……)

＊　＊　＊

一方、その頃。

瞬兵がバーンの中から姿を消してから、一週間が経過していた。

幸いにもダークギルディオンの再攻撃はなかったが、バーンとVARSは焦燥のうちにあった。

「瞬兵は、アスタルの元へ導かれたのだ」

バーンは愛美たちにそう告げた。

だが、アスタルの意思はバーン自身にも計り知れぬものである。

アスタルがどのような啓示と試練とを瞬兵に与え、いつ戻るのか。それはバーンにもわからぬことなのだ。

そして、バーンの悩み事はそれだけではなかった。

（スペリオンは簡単にナイトメアに取り憑かれるような奴ではない）

この、一事である。

VARSのメンテナンス台の上にちょこんと座り、バーンはずっと考え込んでいた。

「ギルディオン……いや、スペリオンはバーンと同じ聖勇者なんだね？」

そう聞いたのはさとるだった。

「ああ……スペリオンは私の友だ」

「瞬兵くんと洋くんも友だちだよね」

形のよいアゴに指を当てて、ひろみが考え込んだ。

「ギルティとギルディオンは二人の友だちに取り憑いたってこと？」

確かに、二人はギルティ、ギルディオンに乗っ取られているかのようだった。ということは、二人もグランダークの手先なのだろうか？　絶望の化身とは？

バーンにはどうしてもわからないことがあった。

洋がギルティに乗っ取られた原因が、海浜ドームに落ちてきた時の衝突ならば、あの赤い光はギルディオンということになる。だが、ギルディオンとギルティは別人格のように見えた。ということはギルティがヒロに取り憑くと同時に、ギルディオンもスペリオンに取り憑いたということなのだろうか？　同時に取り憑かねばならない理由は？

スペリオンは、先のグランダークの戦闘で敗れたとはいえ、バーンと同じ聖勇者である。そのスペリオンが、グランダークの手に堕ち、操られているとはにわかに考えにくかった。

（スペリオンが操られているのには、きっと何かそうせざるを得ない理由があるはずだ……）

「バーン、サトル、それにお嬢、みんな始めるで」

まさるの合図とともに、メンテナンス台にライトがともった。

バーンの横にはまさる預かりのハウンド、ひろみ預かりのグリフ、そしてさとる担当のイッカクがいる。

「サトル、これは何のチェックなんだ？」

「あ、ゴメンゴメン、愛美さんからの指示でね、バーンと三匹の〈超ＡＩシナプス〉の〝シンクロ率〟のチェックをしたいんだ」

「〈超ＡＩシナプス〉……私のボディに組み込まれているＡＩと同じものか」

「せや。ＶＡＲＳの基本システム、〈ＶＡＲＳ・ＯＳ〉の大元や。この三匹は、ＶＡＲＳやないけど、ヴァルスと同じ〈超ＡＩシナプス〉が入っとる。しかも、姉御の開発では初の〈戦闘モード〉多めのアルゴリズムや」

　まさるの声が少しこわばったように聞こえた。

「戦闘に特化した能力を三匹は持ってる……でも、その戦闘能力解放の〝カギ〟を、愛美さんはバーン、アンタとの〝シンクロ率〟に任せたんや」

「〝カギ〟？」

「三匹が〝戦いたい〟と思ったときに戦ってしまったら、それは兵器と一緒だろ？　だから、バーンが瞬兵くんの〝勇気の力《ブレイブチャージ》〟で戦う力を得た時のみ、バーンとの〝シンクロ率〟に合わせ、一緒に戦うことができれば、って愛美さんは考えた。つまり、バーンの体内の〈ＶＡＲＳ・ＯＳ〉を〝カギ〟にしようとしてるんだ」

「なるほど……」

　バーンには愛美の危惧している〝超ＡＩの暴走〟――生物でないものが〝心〟を持つことに対する懸念は理解できた。〝心〟そのものは善でも悪でもない。機械がエゴを手にいれ、人間や自然に牙を剥く可能性を懸念するのは当然のことだ。

（だから、本当は力には力で対抗すべきではないのだ）

だが、ダークギルディオンに今のバーンガーンの力が通用しないこともまた事実だ。力に溺れるべきではないが、無法な暴力に対しては毅然と立ち向かわねばならないこともある。聖勇者の為すべきことが何か、バーンはきちんとわきまえていた。

「みんな、よろしく頼む」

バーンは並んでいる三匹に声をかけた。

三匹のＡＩデータがバーンへと流れ込んでくる。

それぞれが蓄積した、それぞれの想い。

バーンにはそれが、暖かいものとして感じられるのだ。

（そうか……これが人間が持つ無限の可能性か……）

バーンは瞬兵と離れ、孤独感を覚えていた自分が癒やされるのを感じていた。

（後は、瞬兵さえ戻ってきてくれれば……）

だが、その時である。

「！」

ＶＡＲＳ基地の緊急警報が鳴り響いた。

「ナイトメアの出現……これはダークギルディオンです!!」

＊　＊　＊

ダークギルディオンが出現したのは、東京、それも麻布の住宅街の上空だった。

高層ビルを背に、ダークギルディオンの漆黒の巨体が繁華街を睥睨する。

防衛軍の戦闘機も出動しているが、人口密集地でまさかミサイルや機銃を使うこともできず、遠巻きに見守るばかりだ。いや、もし全火力を投射できたとしても、ダークギルディオンの敵ではないだろう。

だが、その前に立ちふさがる影があった。

聖勇者バーンである。

無論、瞬兵がいない今、バーンはただのＶＡＲＳに過ぎない。

しかしだからといって、聖勇者たる彼に、破壊をただ見過ごすことなどできるはずがなかった。

「ギルディオン！　なぜ人々を襲う！　目的はなんだ!!」

「絶望……」

ダークギルディオンの答えは不気味で、そして無慈悲だった。

「そうだ。この世に、希望なんて必要ない」

その肩に乗るギルティが、冷たく付け加える。

「シュンペイはどうした？　逃げ出したのか？　純粋な者ほど、裏切りに弱いからな。その心に受けた傷は大きく、深く……。そして、簡単に希望を捨てる」

「そうだ、ギルティ。希望を失った人間ほど、もろいものはないからな」

ギルティの言葉にダークギルディオンが応えた。

「やめろ！　攻撃をやめるんだ！　スペリオン！」

「フッ……！　誰のことだ!?　このオレを止めたければ力づくで来るがいい」

「クッ……！」

バーンが歯がみをした、その時である。

「のぞむところだ！」

凛とした声が、響いた。

ビルの屋上に立ち、バーンブレスを手にしたその姿。

「バーン！」

「瞬兵！　待っていたぞ、その声を！」

光に包まれ戻ってきた瞬兵を、バーンは歓喜とともに迎えた。

＊　＊　＊

「さとる！　ガーンダッシャーのストッパーを外して！」

VARS本部では愛美たちが奔走していた。

「大丈夫です！　バーンから亜空間ゲートにはオートで転送されるって聞いてます！」

「よし!!」

（瞬兵、アスタルと何を見てきたの？）

モニターに映る弟の姿。以前と変わりないのか？　少し大きくなったのか？　その表情にはどこか、頼もしさが感じられた。

（あんたに託すわ。世界の運命を……！）

＊　＊　＊

「バーン!!」

その声に応えるかのように、一瞬にしてＶＡＲＳ車形態のバーンが瞬兵の手元に召喚される。

「いくよ!!」

瞬兵は上空に浮かぶギルティを真っ直ぐ見据え、バーンを飛ばす！

「ブレイブッ！　チャージ!!　バーンガーーーーン!!」

瞬兵の勇気の力《ブレイブチャージ》がバーンブレスを通して放たれ、空を飛ぶバーンへと届く！

「オォォーーーッ！　ガーーンダッシャーーーーッ!!」

バーンの呼ぶ声に応え、ＶＡＲＳ本部に格納されていたガーンダッシャーが光に包まれる。

「さとる！　来たで！」

「行っけぇ!!　ガーンダッシャーバージョーーン２！」

ＶＡＲＳ本部から転送されたガーンダッシャーが、夜空をバックに出現する。

変形機構に変わりはない、機体から逆ブーストの煙が上がり、トレーラーの前面が立ち上がり、見る見るうちにバーンガーンの姿に変形していく！

「タァーーッ!!」

背面バックパック部分が開きバーンが飛び込んだ！

（本当の、敵……それは目に見えるものだけじゃない）

瞬兵がバーンガーンの額のクリスタルに取り込まれる。〝勇気の源〟を守るため、バーンガーン内部の空間に収容されるのだ。

同時にバーンガーンの瞳に光が宿った。

「「龍神合体！　バーンガーン!!」」

バーンと瞬兵の声が、一体となった。

＊　＊　＊

「なんだ、シュンペイ、帰って来たのか⁉」

瞬兵の存在に気付いたギルティは嘲笑した。

「だがおまえには何も出来ない。おまえは無力な子どもに過ぎないのだから」

「ヒロ……いや、ギルティ」

だが、瞬兵はその言葉にはいささかも動じなかった。

アスタルの見せてくれた光の中で、瞬兵はひとつ強くなった。その強さは、瞬兵だけのものではない。

「……ボクは、もう、まどわされない！　本当の敵を、知っているから‼」

「本当の……敵だと……？」

「行こう、バーン！」

「おうっ！　デュアルランサー！」

バーンガーンは龍牙の双槍《デュアルランサー》を構え、突進する。瞬兵の言葉が、バーンに力を与えてくれる。

「それでいい。やれ！　ダークギルディオン！」

「さぁ、かかってこい」

夜空を背負い、バーンガーンとダークギルディオンが切り結ぶ。

一合、二合。

そのたびに激しく火花が散り、鋼鉄と鋼鉄がぶつかり合う。

『瞬兵！　市街地の上空は不利よ！　芝公園に誘導して！　あそこの避難は完了しているわ！』

「了解！　東京タワーのほうに引っ張ればいいんだね！」

足下に見える広大な芝公園の敷地を確認し、瞬兵は叫ぶ。

「バーン、おねがい！」

「了解だ！」

バーンガーンのスラスターが全開になり、ダークギルディオンを大地へと押しつける。公園の草木が砕け、緑色の霧になる。

(ごめん！)

物言わぬ植物にだって命があるのはわかっている。だが今は、こうするしかない！

「シルウスインプルード！」

そのままの勢いでデュアルランサーを回転させ、龍牙一閃！　怒濤のような攻撃を繰り出すバーンガーン。だが、ダークギルディオンは、速い！

「フッ、それでも攻撃しているつもりか！」

黒い機体はバックステップでバーンガーンの一撃を回避してみせる。

しかしバーンガーンの追撃は止まらない。

「まだだ！　クロス！　インパクト‼」

十文字に切り裂くデュアルランサーの一撃が、受けたダークサーベルごとダークギルディオンを吹き飛ばした。

東京タワーをバックにした二機のロボット。

パワーはバーンガーンが優位、速度はダークギルディオンが優位、と見えた。

だが、決定打ではない。

「……ダメだ！　効いてない！」

クロスインパクトの一撃はダークギルディオンの体勢を崩しただけだ。スラスターで機位を立て直すと、すばやくショットガンを抜く。

「ダークショット‼」

「！」

「踊れ！　バーンガーン‼」

まるで機関砲のように連続で射出されるダークショットの弾丸が、バーンガーンの装甲表面で爆ぜ、その動きを封じ込める。今は致命打にならなくても、連射を浴び続けていればセンサーや関節を潰されるのは明白だ。

「このままじゃ！」

「わかっている！　ランサーシュート！」

バーンガーンはためらわず、手にしたデュアルランサーを稲妻のように投げた。光の矢となったデュアルランサーがダークギルディオンを貫いた——ように見えた！

「バーン！」

貫いたと見えたのは、ダークギルディオンの残像だった。

瞬時に射撃を中断した黒いロボットは、バーンガーンの背後に回りこむと、新たな攻撃態勢へと移行していたのだ。

そのスピードは、バーンと瞬兵には瞬間移動《テレポーテーション》ではないかと思えるほどであった。ショットガンでありながら、超速で繰り出されるダークショットがバーンガーンの動きを封じる！

反撃！　バーンガーンのランサーシュートもダークギルディオンに弾き返された。

「ヌルい！　そんなものか？　バーンガーン!!」

いきなり、バーンガーンの懐にダークギルディオンが瞬間移動のように現れた。

「ダークネス……フレア！」

ダークギルディオンの全身が真紅のプラズマに覆われ、紅蓮の炎がバーンガーンと周囲の木々を焼き尽くす。

「グアァァァーーッ！」

「くううっっっっ！」

バーンガーンに守られた瞬兵にすら、その熱気は伝わってきた。バーンの装甲が溶けているのがわかる。圧倒的な火力だ。

（やっぱり……ダークギルディオンは……強い……！　このままじゃ……！）

バーンブレスから通信音が鳴ったのは、そんな時である。

「姉ちゃん⁉」

至近距離からのダークネスフレアを受け、今度はバーンガーンが弾き飛ばされた。

ビービーッ！

バーンブレスからビープ音が鳴る

＊　＊　＊

ＶＡＲＳの整備ドックはてんやわんやの大騒ぎであった。

なにしろ、人類初の異種文明に対する防衛支援活動である。

本当に自分たちが構築したシステムがバーンと適合するのか？　ハードウェア的に、ガーンダッシャーのようなオーバーテクノロジーと融合できるのか？　なにもかもがぶっつけ本番であり、エンジニアたちは愛美も含め、鬼気迫る迫力に包まれていた。

（これが失敗すれば、人類が滅びるかもしれない……！）

のである。

「まさる！　サポートメカのシステムいけるの⁉」

自らパソコンを叩く愛美、かたわらには〈超ＡＩシナプス〉のシステム担当のまさるが目を血走らせていた。

「直前のバーンとのシンクロ率は、グリフが67％とトップやった！　いけるよな！　グリフ‼」

〝Ｐｉ！〟

グリフは頼りなく返事した。

グリフ、イッカク、ハウンドの三匹は、愛美の計らいにより、いままでのペットサイズではなく、バーンガーンのサポートメカとしての大きさを持つボディに組み込まれてアップサイジングされ、ドックに待機していた。

「ピーちゃん！　がんばって‼」

コントロールルームのひろみが涙目になって叫ぶ。

「さとる！　出せるの⁉」

「……ちょっと、待ってく、ださい！」

さとるもモニターを凝視し、三匹のパラメータをチェックする。

「戦闘力ならハウンド、スピードならグリフ、防御力ならイッカク、シンクロ率順位はグリフ、ハウンド、イッカクです」

「じゃあ、グリフで行くよ！」

「でも、このシンクロ率じゃあ、狙ってた合体ができるかどうか…やっぱり、〈超ＡＩシナプス〉の育成には時間が足りないんですよ」

さとるはあくまでエンジニアとしての慎重論を口にした。〈超ＡＩシナプス〉の育成があまりにも不足しすぎている。本当にバーンガーンのシステムと結合できるとは、断言できない。それはいわば、闇夜にコインを投げて自動販売機の収納口に見事ホールインワンさせるような確率なのだ。

「いま、そんなこと言ってる場合じゃないでしょ！」

モニターの中では、バーンガーンの装甲表面温度が想定危険域を大きく超えつつあった。このままでは、バーンガーンは東京タワーごと火葬にされてしまうだろう。だが、防御に回しているエネルギーを捨て鉢に攻撃に回せば、瞬時に燃え尽きるだけだ。もはやバーンガーン単独での反撃の道は、閉ざされている。

もはや、決意するしかなかった。

人生には闇夜にコインを投げなければならない時がある。

今がそうなのだ。

さとるは生涯に一度、エンジニアにはあるまじきことに、神に祈った。

「了解！　グリフ出します！」

「バーンガーン！　コードネームは〝獣甲武装〟よ!!」

＊　＊　＊

「バーン！　ボクのことは心配しないで！　フルパワーで離脱するんだ！」

「ああ！　瞬兵、行くぞ！」

バーンガーンの機体が、青い輝きに包まれた。

瞬兵の勇気が、バーンに力をくれる。

防御に全力を回したバーンは一瞬、ただの一瞬、ダークギルディオンの炎を振り切ると、月光を背に天高く舞い上がる。

「「獣甲武装!!」」

それは完全に賭けだった。

人類によってガーンダッシャーと接続されたシステムが、ガーンダッシャーの転送システムと連動できるかどうか。テストすらされていない完全なぶっつけ本番、理論上ですら確立はされていない、技術というよりは魔術に近いシステム。

もし本部のドックからの強化システム転送に失敗すれば、全エネルギーを使い切ったバーンガーンは完全に無防備になる。その隙をダークギルディオンが見逃すはずはない。

(お願い、姉ちゃん!)

瞬兵は祈った。バーンのために祈った。VARSのみんなのために祈った。この戦いを見守っているであろうすべての人々のために祈った。

(たとえ……ヒロがボクのことを嫌いでも……もう口も効きたくなかったとしても……だとして

も、ボクはヒロをナイトメアから取り戻さなくちゃいけない！　だって、ボクはヒロの友達だから……！）


そして、輝きは来た。

本部のドックから転送されたグリフが、バーンガーンの眼前でパーツに分離。そのまま、バーンガーンを包むように合体していく。

「『獣甲武装！　ウィングッ！　バーンガーン!!』」

鷲獅子《グリフォン》を彷彿とさせる姿になったバーンガーンが、きらめく光とともに、夜空に輝く。それは闇を切り裂く希望の灯火だった。

＊＊＊

「グリフ……いや、ピーちゃんと呼ばれているのだったな。大丈夫か、戦えるか？」

バーンは優しく、自分と一体化したグリフに話しかけた。

（コワイケド　ミンナマモリタイ！　グリフハ、タタカウ！　ワタシ、バーンガーンノアタラシイツバサ!!）

グリフの意思は、その主であるひろみ同様に、固く、強かった。

「うむ！　……いくぞッ!!」

＊　＊　＊

電光のごとく、ウィングバーンガーンが舞い降りる。

エネルギーとの合体時に供給され、バーンガーン状態でのフルパワー、いやそれ以上の出力が発揮できている。

「ライトニングブレード！」

振り下ろすは雷鳴の剣、鷲獅子の刃がダークギルディオンに迫る。

「ク！」

ダークサーベルで受けるダークギルディオンだが、その動きはこれまでのような余裕はなかった。

「どうした、ダークギルディオン！」

「……速い」

ダークギルディオンとギルティが弱体化しているのではない。グリフと合体したウィングバーンガーンが、それ以上には速く、強いのだ。

間合いを取り、ダークショットの散弾を高速連射するダークギルディオン。だが、その弾雨をかいくぐり、ウィングバーンガーンがキャノンの一撃をいれる。黒い装甲が弾け、オイルが飛び散る。

さらに追うウィングバーンガーンの斬撃。一撃、二撃と繰り出されるそれをダークギルディオンは真っ向から切り払うが、押しているのがウィングバーンガーンなのは明白であった。

連続攻撃が八回目に及ぶと、ついに形勢不利とみたか、ダークギルディオンは攻撃をやめ、間合いを取った。

「フフフ！　やるなぁシュンペイ！　バーンガーン！」

ギルティの言葉にはいささかならぬ驚愕の色があった。

「私の力は瞬兵の勇気の力だけではない！　仲間の〝心の力〟が私を強くする」

「心の力だと……？」

「そうだ。このグリフはただの強化システムではない。地球の人間たちが、誰かを思いやり、誰かを守るために開発してくれた私の鎧であり武器だ。彼らの思いが、瞬兵の勇気とともに、私に力をくれる。だから！」

バーンガーンの瞳が、エメラルドに輝く。

「そうか。だが、思い違いをするなよ、バーンガーン」

ダークギルディオンの言葉は冷たかった。

「お前は私を凌駕したのではない。同じ次元に足を踏み入れただけだ。私は全力をまだ出してなどいない」

「……！」

それがハッタリではないことはあきらかだった。

ダークギルディオンの装甲こそいくつか砕けていたが、フレームには致命的なダメージは入っていない。対してウィングバーンガーンは、パワーアップを遂げたとはいえ、機体全体がガタガタであることに変わりは無い。

（これからが、本当の勝負になるのか……！）

瞬兵が覚悟を決めたその時。

「……待て、ダークギルディオン」

ギルティが苦しそうに、ダークギルディオンを制した。息が荒い。

「今日はここまでにしてやる。未知数の力に深入りをして、つまらん手傷を追いたくもないしな……」

「……」

ダークギルディオンはギルティの言葉に無言で従い、虚空へと消えた。

「行っちゃった……」

それが残念なのか、あるいは勝利したことの喜びなのか、瞬兵には判断がつかなかった。結局、ヒロの本心を聞き出すことはできなかったからだ。

「だが、よかった」

「え？」

「正直、こちらもこれ以上は厳しかったかもしれない」

そう言うと、ウィングバーンガーンは力尽きたように着地した。

「バーン!?」

「私は大丈夫だ。だが、グリフが……」

（モウムリ……）

グリフのシステムがアラートを上げていた。地球製の〈超ＡＩシナプス〉が、合体の負荷に耐えられなかったのだ。

まさに薄氷の上の勝利、と言えるだろう。

「ありがとう、グリフ」

「Ｐｉ……！」

イメージの中で、グリフが優しく翼を振った。

そう、これは全員が全力を出し切り、ようやく手にした勝利なのだ。

「……バーン」

「なんだ……？」

「本当の敵……なんとなくわかったよ」

「……そうか」

「本当の敵は、自分自身……ボク自身の心の弱さなんだ」

「うむ」

「そんな弱い自分を、認めてあげられないことなんじゃないかって」

「……なるほど」

「だから、次にギルティ……ううん、洋に会ったら、言うんだ」

瞬兵はバーンに笑みを向ける。

「洋はボクの大切な友だちだよ……って」

勇者聖戦バーンガーン THE NOVEL 上巻　終

あとがき

小太刀右京

遠い昔の話をします。

1990年2月3日といいますから、僕がまだ小学生の頃。大人気であった『獣神ライガー』の後番組として、『勇者エクスカイザー』が始まります。

時はまだバブルの頃、世の中には呑気な雰囲気が漂っていたころでした。

リアルでハードな『ライガー』から打って変わり、子ども向けにガッチリと舵を切った『エクスカイザー』は当時の小学生——つまり僕の心をわしづかみにしました。自分の家の車が実は宇宙人である、という楽しさ。日常の中のなんでもないものを〝宝〟と呼んで追い回す宇宙海賊ガイスターー。そしてヒロイックに画面狭しと大活躍するカイザーズの勇者たち。

何もかもが楽しく、何もかもが愉快でした。そして『エクスカイザー』はその後も皆さんご存じの通り、シリーズ化され、『太陽の勇者ファイバード』から『勇者王ガオガイガー』まで、長く愛されることになります。

さて、『勇者王ガオガイガー』が98年の1月で幕を閉じた時、小学生だった僕も10代の終わりを迎えており、気がつけば子どもというよりは大人という年齢になっておりました。〝勇者シリーズ〟は自分の成長とともにあって、自分が成人すると同時に終わるのだなあ、という感慨があったものです。

そんな中発売されたのが『新世代ロボット戦記ブレイブサーガ』でした。勇者シリーズの最新作と銘打たれた『勇者聖戦バーンガーン』とともに世に出たこの作品にもちろん自分は夢中になりました。発売日の朝に大学をさぼって友達と遊んでいた記憶があります。1/1バーンのフィギュアも出来が良くて好きでしたねえ。

……と、まあ。勇者シリーズについて語ることはそのまま自分の十代について語ることなのですが、そんな『バーンガーン』の小説を自分が手がけることになるとは思いませんでした。現代に書かれた『バーンガーン』なので、SF的なディテールは今っぽくしてありますが、お話そのものは昔のままです。ぜひお楽しみください！

あとがき

早坂憲洋（開発勇者ハヤバーン）

みなさん、お久しぶりです！　開発勇者ハヤバーンこと、早坂憲洋です！

この文章を読んでいる人の大部分はオイラのこと知ってるよね？　簡単に説明すると、かつて、ゲームで発売された「新世代ロボット戦記ブレイブサーガ」のプロデューサーで『勇者聖戦バーンガーン』の「原作・原案」です！　今回の『勇者聖戦バーンガーン THE NOVEL』（以下、小説版）では「原案・監修」をやらせてもらいました。

みんな…27年間『勇者聖戦バーンガーン』を好きでいてくれて、ホント〜にありがとう！

今回の小説版は、『勇者聖戦バーンガーン』のオリジナルストーリーです。ゲームの企画当初、バーンガーンのゲームでの立ち位置は、当時キャラゲーでは定番だった「ゲームオリジナルキャラ」でした。「キャラクターゲーム」の最重要要素は「没入感」と「感情移入」。しかし、バーンガーンがただの「ゲームオリジナルキャラ」では、他の勇者作品よりゲームへの「没入感」が生まれない。ＴＶアニメがないオリジナル勇者をポッと出すだけでは全然ダメだ。おもろない！

おもしろくするにはどうすれば？

と思って考えた作戦が大きく2つ！

①『勇者聖戦バーンガーン』の設定やエピソードをたくさん作って、それをシナリオの縦軸にゲームを作る。
ただ、他の勇者シリーズのキャラもロボもエピソードもたくさん盛り込まなければならなかったので、新たに作ったバーンガーンのエピソードやキャラたちは、ポイントの話以外は盛り込めませんでした。でも、その設定画やエピソードがあったおかげで、当時のキャラゲーには珍しい「オープニング」や「合体バンク」のアニメを制作することができました。更にバーンガーンに「感情移入」できるように利用して仕掛けた設定があります。それは

②「メディア」の違いの利用です。
「ＴＶゲーム」と「ＴＶアニメ」では、見ている人の「立ち位置」が違います。

「ＴＶアニメ」では「受動的にストーリーを観る視聴者」

「ＴＶゲーム」では「能動的にストーリーを進めるプレイヤー」

なのです。「ＴＶゲーム」は自分でキャラを動かすので、主人公に対する思い入れが強くなるのです。なので『勇者聖戦バーンガーン』は「ＴＶゲームの中での勇者シリーズ」として、ゲームというメディアを利用した「仕掛け」を用意しました。
・通常、バーンはＶＡＲＳという手のひらに乗るくらいの玩具（ナビロボ）
・バーンは瞬兵の勇気がないと戦えない∨ブレイブチャージ

・戦うときに瞬兵はバーンガーンの中にいる∨一体感
・グレート合体の時に洋は一緒にいない∨瞬兵＝プレイヤーの意識を強くするため、洋とは一緒にグレートバーンガーンに乗せない！……など、ホンの一部ですが・・コントローラーのボタンを押すことで、バーンの声に、勇者の声に、プレイヤーが瞬兵となって応えるための「仕掛け」です。

そして、今回のメディアは「小説」ゲームやアニメでは表現されなかった、瞬兵やバーン、キャラクターたちの心情や葛藤も表現されると思います。小説ならではの「仕掛け」も、小太刀さんやＨＪさんとお話しして盛り込んでいます。

是非、小説を読む時、傍らでＯＰや合体バンクの動画を流しながら読んでください。同じ合体バンクでも違った感じがするはずです。（おススメ！）また、各話で一カ所以上は「!?」となっちゃうような「びっくり!?」を入れています。ちがってたり、新しかったり……というような、小説版ならではの「仕掛け」です。これは下巻も目が離せない！ｗｗ

……あれから27年…再び、瞬兵やバーン、洋やスペリオンと相まみえることになるなんて！　感謝感激雨アラレ!!

関係者の皆々様、そして、これまで『勇者聖戦バーンガーン』を大好きでいてくれた!この文章を読んでくれている「キミ!」

ホント～に！　ありがとうございます！

今回の小説版は、ＴＶゲームともアニメとも違った新たな展開です！

謎だった「秘密」や、出せなかった「キャラやロボ」「語られなかったその後」についても、
めっちゃ出します!!（ホントか!?）

上巻では、新キャラ一人だけだったけど、下巻は、もっと「?」な部分が多いので……

出しすぎちゃうかもしれません（笑）！


長くなってしまった！

次回は『勇者聖戦バーンガーン THE NOVEL 下巻』で会いましょう！


最後はいつものセリフで！

これからも、キミが勇者だっ!!

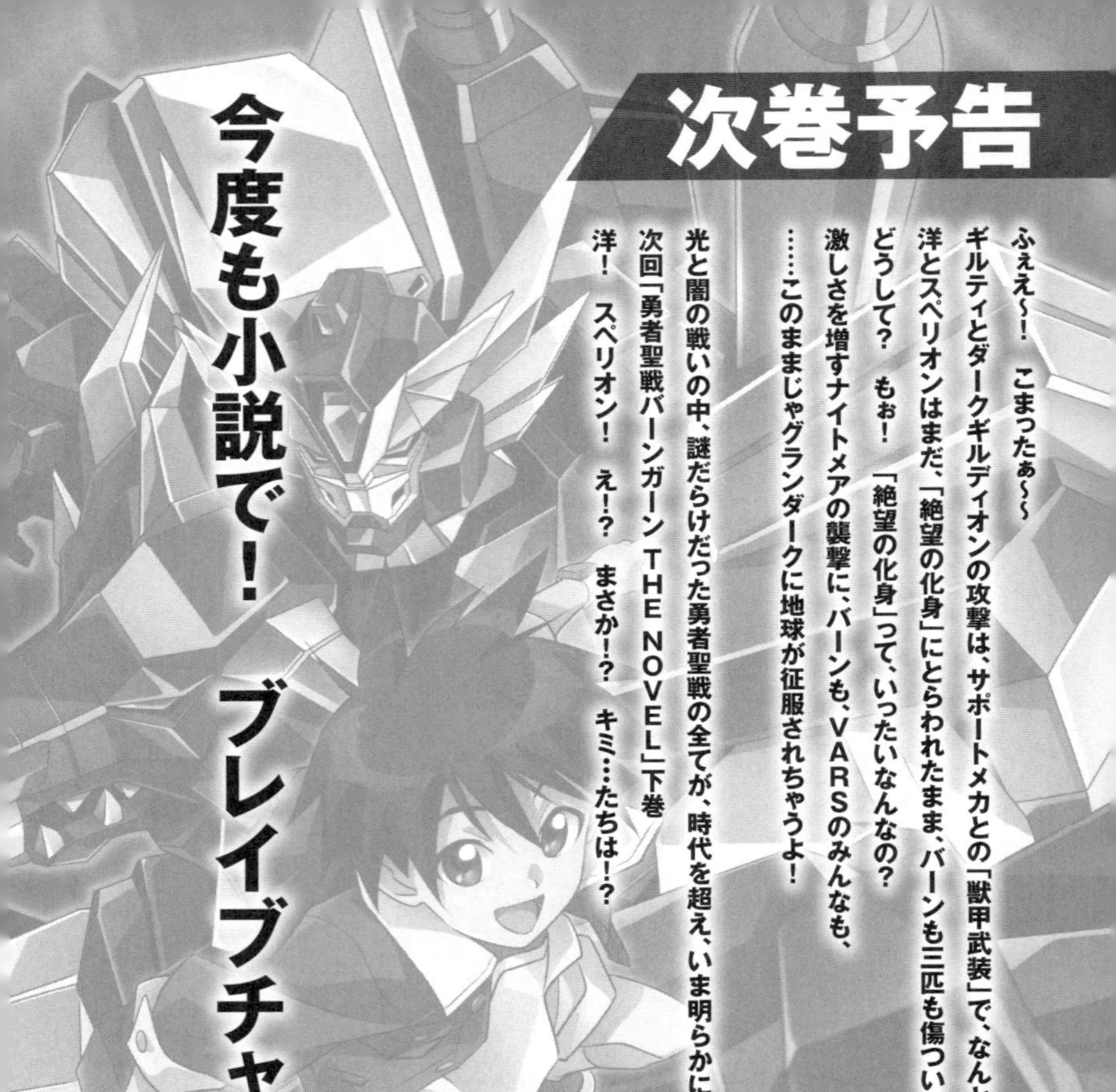

次巻予告

ふぇぇ〜！　こまったぁ〜〜
ギルティとダークギルディオンの攻撃は、サポートメカとの「獣甲武装」で、なんとか撃退できた……けど、
洋とスペリオンはまだ、「絶望の化身」にとらわれたまま、バーンも三匹も傷ついたまま……
どうして？　もぉ！　「絶望の化身」って、いったいなんなの？
激しさを増すナイトメアの襲撃に、バーンも、VARSのみんなも、
……このままじゃグランダークに地球が征服されちゃうよ！

光と闇の戦いの中、謎だらけだった勇者聖戦の全てが、時代を超え、いま明らかに！
次回「勇者聖戦バーンガーン THE NOVEL」下巻
洋！　スペリオン！　え!?　まさか!?　キミ……たちは!?

今度も小説で！　ブレイブチャージ!!

勇者聖戦バーンガーンTHE NOVEL
勇者宇宙ソーグレーダー特設サイト内で
好評連載中!!

https://hobbyjapan.co.jp/braveuniverse/

勇者聖戦バーンガーン
THE NOVEL
上巻

2025年5月12日初版発行

企画　サンライズ・ホビージャパン
原作　矢立肇
著　小太刀右京
イラスト　網島志朗
原案・監修　早坂憲洋（開発勇者ハヤバーン）

製作・編集　ホビージャパン

装丁　伸童舎
編集　柳沢祐介
発行人　松下大介
発行所　株式会社ホビージャパン
〒151-0053　東京都渋谷区代々木2丁目15番8号 新宿Hobbyビル
電話　03-5304-9112（営業）
印刷所　株式会社DNP出版プロダクツ

Printed in Japan　ISBN978-4-7986-3829-4 C0076